マルメロ草紙

édition courante

橋本治

【絵】岡田嘉夫

集英社

マルメロ草紙

édition
courante

目次

マルメロ草紙

édition
courante

第一章
ブーローニュの森のほとりに住む、幸運の星《ボナストリユー》の下に生まれた夫妻

前《さき》の世紀《シエクル》の初めの頃と思《おぼ》し召しませ。それは新しく、そして古き佳《よ》き時代でもございました。

女達は、まだドレスの裾《すそ》を引いておりました。偉大なるパリの洋裁師《クチユリエ》ムッシュー・ポール・ポワレは、女達のくるぶしをドレスの裾から解き放ちはいたしましたけれども、女達のドレスの裾はまだまだ十分に長《なご》うございました。

それは、プチ・トリアノンの宮殿で笑いさざめいていらっしゃいました貴婦人方のドレスの裾ほどには、もう華やかではございませんでした。前《さき》の世紀《シエクル》の終わりに現れました光の画家達——ムッシュー・マネやムッシュー・ルノアール達の描きました女達のそれほどには、重々しくもございませんでした。おびただしいほどの長い髪をまとめずに、短く切ってしまいますほどの女も現れました。赤いエナメルの靴をドレスの裾からのぞかせ、平然と町を歩きます女もございました。でも、まだまだ長うございました女達のドレスの裾は、アパルトマンの床やら、町の石畳の上やらに、「優雅」という名の古い衣《きぬ》ずれの音を立てておりましたの。

道には、なにやら味気ないほどの速さで突き進みます自動車《ヴオワチユール》も、当たり前のようにございました。

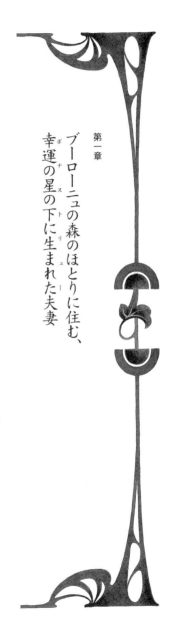

ですが、その黒い箱型のものがまだるいモトゥール《エンジン》の音を轟《とどろ》かせようといたします隣には、たてがみをなびかせて荒い息を吐きます駒の引く馬車《ヴォワチュール》も、昔ながらの車輪の音を石畳の上に響かせていたのでございます。

空を飛ぶ飛行機《アヴィヨン》は、もうございましたか——。

ですけれども、仰《あお》ぎ見るパリの空にございますものは、わずかに開きました青緑《せいりょく》のスペイン扇を優雅に逆立てましたような、ムッシュー・エッフェルの美しい鉄塔ばかりでございました。

前《さき》の世紀《シエクル》を飾りますものが、優美な女達の長く引きましたドレスの裾でございましたなら、この世紀の初めのパリを飾りますものは、前の世紀の終わり頃から男達が組み上げ始めました剛《つよ》い鍛鉄《たんてつ》の飾り物でございましょう。鉄の橋でございますとか、塔でございますとか。あるいは、まるで大聖堂の壮麗を思わせますような高い駅舎の屋根がございました。男達の造ります新しい鉄の組み物は、まだまだ古い時代の優美をたたえ、石造りの街並みに、無骨な少年の編み上げました黒レースの飾り物のような美しい影を投げかけておりました。

石畳の道はどれほどの歳月、人の歩みを見つめ続けておりましたものか。あの多くの人の血が流されたコミュン騒ぎで乱雑に掘り起こされました白いパリの敷石は、もうなにも知らぬ顔で、新しい人と古い人の行き交います姿を、黙って見つめておりました。

行き過ぎる初夏《はつなつ》の風にまるで頬を染めますがごとく、マロニエの梢《こずえ》の緑は、忍びやかに葉裏を返します。その緑の若々しさと同じように、貞淑という名の女の美徳も、まだまだ瑞々《みずみず》しく美しゅうございました。

貞淑というものがまだまだ匂いやかな若さを保っておりました。この世紀《シエクル》の初めでございます。同じマロニエの梢が、なまめいた秋の宵には、ざわめく女の笑い声のように、あでやかな黄金《こがね》の葉《は》叢を風にそよがせます。まるで淫らな放蕩に色づきましたかのごとくに、落ち散ってなおなお美しい秋の木の葉。

同じ一つの年に、夏と秋とはございます。青々と、まだ未熟なトルコ石のような青さを見せます初夏の緑は、濃い夏の夜の中で、黙りこくった支那《しな》の細工職人によって磨き上げられました翡翠《ひすい》のような、忍びやかな色を増します。黄昏《たそがれ》て行くことを知るのやら、知らぬのやら、勁《つよ》いばかりの濃艶な緑は、高くかかげられたパリの天空が薄紫《モーヴ》の色に侵されて行きます秋の終わりに、熟れきった黄金の飾り細工と姿を変えるのでございます。

年老いた大樹にも、緑の若芽は息づきましょう。まだ年若い小枝の先にも、艶《えん》なる黄金の彩《いろど》りは宿りましょう。それは、いずれの世紀《シエクル》にも起こりましたこと。この世紀の初めにそれが起こりましても、なんの不思議もないことでございます。

所はパリの市街、西のはずれでございます。ブーローニュの森に近い十六区の、まだミュエット門にはいたらぬ辺り。シャンゼリゼ大通りの下をひそかに走ります地下鉄《メトロ》は、マイヨー門の際《きわ》にまで通じておりましたけれども、そこから足を南に——ミュエット門の方へ向かう人の姿は、まだまだ少のうございました。林が多うございます。まだ、「この辺りはパリではない」と申します人も多うございました。以前にはブーローニュの森の狩り小屋でございましたものを、一人の殿方がお求めになりまして、ご趣味の美術やら歴史のご学問やらをもっぱらになさいます別荘として、ご改築になりました。お屋敷《メゾン》といえばまだそればかり。まだまだ静かな、人が押し寄せるなどということはとても考えられないほどの、豊かな緑の地でございました。

その殿方、ムッシュー・ポール・マルモッタンのお好みになりますものは、百年も前のナポレオン一世時代のものばかりでございました。そうした今めいたものとは距離を置かれて、静かにお暮らしになりますのには格好なところではございましたけれども、その先のことはムッシューのご存じないことでございましょう。ムッシュー・マルモッタンがお亡くなりになりましての後、そのお屋敷は小さな美術館《ミュゼ》となりました。ナポレオン一世時代の家具ですとか美術品がひっそりと並べられておりますその美術館に、そう訪れる人の数もございませんでしたが、いつかある画家の作品が大層に寄贈されることとなりました。緑濃いジヴェルニーの池のほとりに住む、光輝く睡蓮《すいれん》の画家、ムッシュー・クロード・モネの遺《のこ》しました絵でございます。

今では人は、ムッシュー・マルモッタンのお屋敷を、「モネの美術館」として心得ております。ですけれども、これはまだまだそのような先があろうとは誰一人として存じませぬ頃、ブーローニュの森近くの、別のお屋敷の物語でございます――。

静かなブーローニュの森のほとり、ムッシュー・マルモッタンのお屋敷ばかりがひっそりと建っておりましたその土地にも、いつしか様々な人が住みつくようになってまいりました。パリの街は賑《にぎ》わい、広がり、やがて人々は静けさを求めて、この辺りに住居《メゾン》を求めますようにもなりました。もちろんそれは、裕福《リッシュ》の文字を頭《かしら》にいただけるような、限られた人達ばかりではございましたけれども。

ムッシュー・ボナストリューも、そのような方々のお一人でした。つぐみは鳴き、時折は雉子《きじ》さえも姿を見せますような林の中に、ムッシュー・ボナストリューの瀟洒《しょうしゃ》なお屋敷はございました。

なにしろ「幸運の星の下に生まれた《ボナストリュー》」というお方です。以前には大層貧しい暮らしをなさって、人からは「悪い星の下に生まれた《マラストリュー》」と蔑《さげす》んで呼ばれていたお人がアフリカへ渡りまして、ゴムの農園を手に入れることにご成功なさいました。

その頃は、まだゴムの木をどのように使えばよいのかと、人がいささか考えあぐねておりましたほどではございますのですけれども、やはり幸運の星はこの方の上に輝いていたのかもしれません。この方がアフリカの奥地でゴムの林を発見なさった頃、遠いスコットランドでは一人の獣医さんが、お子さんの乗る三輪車《トリシクル》の揺れのひどさを、大層心配しておいででした。その頃にはまだ、自転車《ビシクレット》も三輪《トリシ》車《クル》も堅い木の輪を使っておりましたから、坊っちゃんのお気に入りの三輪車《トリシクル》も、大層乗り心地の悪いものでございましたろう。そこで、ジョン・ダンロップというスコットランドの獣医さんは、ゴムの輪の中に空気を入れ、いくら三輪車《トリシクル》に乗ってもお尻が痛くならない方法を考え出しました。もちろん三輪車《トリシクル》ばかりではございません。自転車《ビシクレット》もそのように。そしてその後には、もちろん自動車《ヴォワチュール》まで。ムッシュー・ダンロップが大層なお金持ちになられたのは言うまでもございませんが、それまでは「悪い星の下に生まれたエミール」と呼ばれ、ろくな姓も持たなかった孤児《みなしご》の青年にも、大層なおこぼれがございました。

　なに一つ持たず、ただ流されるようにして暗黒の大陸へ渡りました青年は、ゴムの農園による豊かな富と、「ボナストリュー」という立派な姓をご自分のものとされ、そしてさらには、美しい奥様までもお手に入れられたのでございます。

　ムッシュー・ボナストリューは、もう四十の坂を一つ越えられたお年でしたが、マダム・ボナストリューは、まだ二十《はたち》を三つ過ごされたばかりの、大層お若くお美しい方でございました。この奥様は、ムッシュー・ボナストリューがまだ「悪い星の下に生まれたエミール」と呼ばれていた子供時代を過ごされた故郷の、古い領主筋に当たる方のお嬢様なのでございます。

　豊かな富をお手になされて、パリの街では誰方《どなた》からも「ムッシュー」と呼ばれるほどのご身分になりました。ですけれども、ムッシュー・ボナストリューには、そのご身分をひけらかす一族も、富を分け与えられるご家族もおいでにはなりませんでした。ただ人に負けまいとして事業にばかり精を出されていたお年の頃を過ぎて、ムッシュー・ボナストリューは、ふっとお寂しくなられたのです。

ムッシュー・ボナストリューのお帰りになられます場所は、どこにもございません。ムッシュー・ボナストリューのお父様は、誰とも知れません。お母様の生まれ故郷もまた知れません。流されて、ただお一人でムッシューをお生みになりました。身寄りのない女は、見知らぬ土地でただ働きをするようにして、幼いムッシューをお育てになったのでございます。その土地を離れて、ご成功なさいました。ですけれどもムッシューには、そこで生い立たれ、お母様が眠っておいでになりますその土地以外に、「故郷」と呼べるほどの土地はございませんでした。

人に蔑まれ、ろくな扱いを受けることもなかった、悔しいばかりの〝故郷〟――その思い出の地へ向けて、ムッシュー・ボナストリューは、豊かさのありのたけを掻き集められてお出ましになられたのです。

そこには、まだ子供だった時分のムッシューを見下すばかりだった「庄屋の若旦那」が、今は立派な大地主となってお住まいでした。そして、見たこともない美しいお嬢様も。

人は現金なものでございます。その人の身装《みなり》と現在だけで、大層なもてなしをいたします。冷遇もいたします。ムッシュー・ボナストリューは、もう「悪い星の下に生まれたエミール」ではなく、パリで立派な成功をおさめた大実業家だったのでございます。そのようなおもてなしを、ムッシューは「田舎の地主様」から受けました。ですけれども、人は十分に狡《ずる》うございますね。「遠い土地で見事に成功した」と言われる人を貶《おとし》めるための言葉を、決して捨てたりはいたしませんもの。「いくらパリの大実業家だと言って、やっぱりあいつは孤児のエミールさ」と、その過去を知る人達は、こっそりと、そして大っぴらにささやくのでございました。

ムッシュー・ボナストリューは、もちろん美しい大地主のお嬢様に夢中になりました。「恋というものはこのようなものか」と、それまでに知った商売女達の顔を思い出して、記憶の外に捨てました。「あの美しい人を手に入れたい」とムッシューがお考えになるのは、当然のことでございます。ですけれども、この恋の心の内には、「意地でも」という枕詞《まくらことば》もまた、しっかりと隠されておりました。「あの美しいシャルロットを手に入れて、この土地の一族の鼻をなんとしてでも明かしてやる」――そうお考えのムッシュー・ボナストリューは、そのための費《つい》えを決して惜しもうとはなさいませんでした。

田舎の屋敷にひっそりと暮らしている女達の心を惹《ひ》きつけるために、華やかなパリの話をいたしました。美しい、目のさめるようなパリのドレスも、ご訪問のたびごとに贈りました。「私と縁をつなぐのはおいやでも、美しい花の都とは縁続きになりたくはございませんか?」――そう仰《おお》せられるムッシューの目算《もくさん》は、違《たが》うことなく、女達の胸に届きましたのでございます。

美しいシャルロット嬢とのご縁談は、後一歩のところへまでこぎつけました。ところが、肝心のマドモアゼルが申します。「美しいパリは素敵だけれど、でも、田舎育ちの私には、パリがまだまだ恐ろしいところのように思われて」と。

その言葉を聞いてうなずかれたのは、マドモアゼルのお母様と、いまだにお独り身でいらしたそのお妹の叔母様でした。ただ一人、「不思議なことをおっしゃるのね」と異議を唱えたのは、まだ十五にもならない三つ下の妹、ナディーヌ嬢だけでございます。「私ならエミール小父《おじ》さんと結婚するわ」と、まぶしいばかりの花の都に憧《あこが》れるナディーヌは申しましたのですが、いくらムッシューでございましても、まだおちびさんのナディーヌに求婚をなさるお心はございませんのでした。

ムッシューは一計を案じました。「パリがこわいのなら、パリの地のパリならざる場所に、お心の安まる住居《メゾン》を建てましょう」と。

シャルロットのお父様もお兄様も、その頃にはもう、「パリに住む実業家と縁続きになれば、この土地もなにかと潤うだろう」という気を起こしておいででしたから、「そこまで娘の気持ちを考えてくださるのなら」と、ついには応諾《おうだく》の言葉をお伝えになってしまったのです。

ムッシューは、ブーローニュの森の近くに、美しい住居《メゾン》を建てました。

古い大地主の娘、シャルロット・マルヴジョル嬢は、そうして十八歳の時、三十六歳のエミール・ボナストリューのご内室《ないしつ》となられたのでございます。一九〇四年の、まだ緑の美しい初夏の頃でございました。

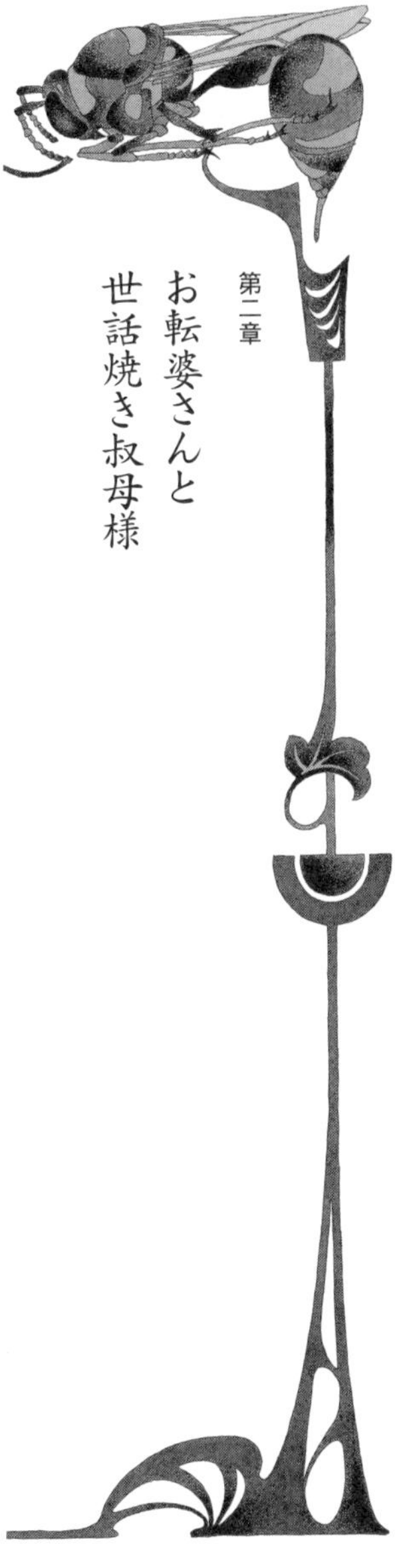

第二章

お転婆さんと世話焼き叔母様

パリの秋は本当に美しゅうございます。

白い雲を浮かべてただ青いばかりの夏の空に、どこか——まるで天空の高みから舞い降りてまいりましたような、澄みきって神々しい光が宿りますの。夜が深く澄んで、昼の光が急に宝石のような丸やかさを宿しましたなら、それはもう秋。

葡萄《ぶどう》の蔓《つる》の先に豊かな紫の実りを宿します光が、パリ中の森、林、立ち並ぶ街路樹の一々にまで降り注いで、黄金《こがね》の木の葉の時が訪れます。

橅《ぶな》や樫《かし》や椎《しい》の木の大きな葉の陰では、豊かな女の耳飾りのような木の実がたわわに実って、森のリス達を慌《あわただ》しくさせます。池に舞い降りる鴨の数が日ごとに増えて、霧に濡れた雉子《きじ》の尾羽根《おばね》が、恋に心を射貫かれた若者の胸をやるせなさで一杯にいたします。それが秋——。

ブーローニュの森のほとりにございますマダム・ボナストリューのお屋敷にも、そのような秋の時が訪れておりました。

太陽《ソレイユ》は天空高くに上がっております。それが、もうあわやのところで西へ傾こうといたします午後のことでございました。

お庭には、トルコ石と黄金とをこきまぜたような秋の色がございました。陽《ひ》はレースの窓掛けを、本当に美しく、燃えるような黄金に燻《くゆ》らせておりましたのですけれど、なんですか、お部屋の内にはまたそれとは違った雰囲気《アンビヨンス》もございました。

「ナナはどうしたのかしら？」

金色に燻る窓辺の椅子からは、その美しい色合いとはいささか不似合いなつぶやき声が上がりました。お屋敷の掛人《かかりゆうど》になっておいでの、マダム・ボナストリューの叔母《おば》様、アンリエット嬢でございました。

お屋敷の女主人《おんなあるじ》は落ち着いて申します。

「まだ戻ってはおりませんわ」

その落ち着き払ったお声の様子も、つぶやき声の主にはお気に召さないのでございましょう。五十《いそ》を越えられてもまだお独り身でおいでのアンリエット叔母様は、椅子からお体を乗り出すようにして仰《おお》せになります。

「あなたは、どうしてそう落ち着き払っていられるの？　あなたの〝まだ戻っておりませんわ〟は、もう三度も聞いたわ。私が知りたいのは、そんなことではないのよ」

「あいすみません」

マダム・ボナストリューは、お膝の上の刺繍枠に針を通しながらそう申しました。

「だから私は、あなたに〝どうしたのでしょう？〟とおっしゃっていただきたいの。まだ嫁入り前の娘が、午後になっても戻らない。あなたは落ち着いてご自分のお仕事に精を出しておいでだけれど、これでナナになにかあった場合には、すべてがお目付け役のこの私の責任になるんですからね。私は落ち着いてなんかいられないわ。昨日もお帰りは、日が昇ってからだった。エミールが留守だと思って、ナナは好き勝手をしているの――」

「叔母様」

「これはもう、私だけの責任ではないわ。エミールのお留守を預るあなたの責任よ。私にはもう、ナナは手に負えない――」

「叔母様」

「なんなの?」

「ナディーヌを、ナナと呼ぶのはおやめになって」

「なぜ?」

「パリの人達は、〝ナナ〟というものを、もう少し違ったものに考えますの」

「なにが違うの? あの子がナナであるのは、もう子供の時から決まっているでしょう。ナナがナナであることに違いはありません」

「叔母様、パリの男の人達は、召使いの女の子や、街角の花売り娘のような女の子のことを〝ナナ《ねーちゃん》〟と申しますのよ」

「ナナが召使いの名前だとでも言うの?」

「そうではなくて――」

「ねェ、シャルロット、あなたはね、なにかというと、〝パリでは、パリでは〟と仰せになる。私がクリュノールの田舎から出て来た女だと思ってそのようなお口をおききになるのだろうけれど、私はあなたよりずーっと長く、人として、女としての時を過ごしているの。なんのために私は、お目付け役としてパリに出て来たのだろう？　エッフェル塔の高さに驚くためなの？」

「ですから、叔母様――」

「私はしっかりしているの。でも、あなたがナナを甘やかすから、あの子はすっかりだめになってしまった。あなたはパリのことはご存じだろうけれども、女としての慎《つつ》しみは、私の方がずっとよく知っているのよ」

慎しみばかりで長の年月をお過ごしになってしまわれたアンリエット叔母様がお憤《むずか》りの事情を、少しくはお話しいたしましょう。こうでございます――。


マダム・ボナストリューには、三つ年下のお妹さんがおいででした。マダム・ボナストリューがまだムッシュー・ボナストリューとのご結婚をためらっておいでだった頃、「私ならエミール小父《おじ》さんと結婚するわ」と申しました、あのおませなナディーヌでございます。「ナナ」と呼ばれますおませなナディーヌも、姉のシャルロットがパリに嫁いで三年の時がたちました時には、もう十八歳になっておりました。十八歳のナディーヌは申しましたの――「私もパリへ行きたい」と。

なにかご縁めいたお話があったわけではございません。ナディーヌはパリに憧《あこが》れ、女優になりたいと申しましたの。もちろん、こんなお話にご賛成のお方は、故郷のお屋敷にはお一方もおいでになりませんでした。ですけれども、ナディーヌは一向にめげるというような様子も見せませんでした。

「お姉様がお嫁にいらしたのも十八の時だった。私ももう十八よ」と申します。

「パリのなにが心配なのかしら？　ちゃんとお姉様もお義兄《にい》様もパリにおいでになるのに」と申します。

なるほど、お年の上ではお嫁にいらしても不思議ではないのでございますけれども、ナディーヌは男女合わせて四人兄妹の末の子でございました。「お嫁に行くのはまだ早い」とお父様がおっしゃいますのも、可愛い末のお嬢ちゃんを手放したくないと思し召されるお心からでございます。ですけれども、きかぬ気のナディーヌは、そのお父様にもこう申しました。

「お父様、私をどこにお嫁に行かせるおつもりですの？　〝この辺りにろくな男はいない〟と、お父様がおっしゃっておいでのことは、私もよく知っていますわ。ねェ、お父様、お父様のおっしゃる〝いつまでも田舎に埋もれているからだめなんだ〟というのは、なにもこの辺りの地主の息子に限ったことではないでしょう？　お父様だって、エミールが現れるまでは、パリのことなんかなんとも思っていらっしゃらなかった。でも今じゃ、エミールのお仕事に投資をして、たんとお金をお儲けになって、この二十世紀の素晴らしさをご存じでいらっしゃる。私にだって、どんな素敵な殿方が現れるかもしれないのよ。でも、今のままの私じゃ、ただの田舎育ちの世間知らず。今の世紀《シエクル》を生きる進んだ殿方には、なんの魅力もないかもしれないの。私は、お姉様と同じように素敵な女になりたいの。でも、この家で私のお手本になるのは、行かず後家になってしまったアンリエット叔母様だけ――」

「行かず後家」という言葉には、お父様もお怒りになりました。でも、ナディーヌの申しますことが、お父様であるムッシュー・マルヴジョルのお心をそっと揺り動かしましたこともまた、確かでございました。

前《さき》の世紀《シエクル》の半ばまで、人は自然に寄り添うようにして生きてまいりました。森は静かに実り、草木は幾百年もそうでございましたように、穏やかに人の暮らしを守ってまいりました。大きな鉄の機械が水蒸気を吐き出しながら騒々しく動き回ることもございませんでした。秋の実りの時に鎌をふるう男達の肌が、黒い石炭の煤《すす》で汚れることもございませんでした。地主は地主で、穏やかに暮らしておりました。鉄や石油や石炭といったむくつけなもので富を得る人が尊敬を集めていたのかと言えば、そうではございませんでした。人は自然に、四季の移り変わりに身をゆだね、女もまた慎《つつ》ましやかに、主イエスばかりを生涯の伴侶《はんりょ》として心静かに過ごすことも出来ておりました。ですけれども、新しい世紀《シエクル》の今に、それがふさわしいことかどうかということもございます。

ナディーヌやマダム・ボナストリューのお父様であるマルヴジョル家のご当主アンリ・ド・マルヴジョルは、ムッシュー・ボナストリューの経営いたしますアフリカのゴム園に投資をなさって、大層な配当を得ておいででした。この世の中には会社というものがあり、それが世界を相手に取引をする。パリを離れた田舎の地主の一人であっても、パリの会社に投資をすれば、そのまま地中海や大西洋の向こうを目の辺《ま》りにするような思いを味わうことがお出来になる。エミール・ボナストリューという娘婿を持たれるようになりましたムッシュー・アンリ・ド・マルヴジョルは、そのことをよくご存じだったのでございます。

お父様は、二人のご子息にご相談になりました。そして、パリにおいでのお嬢様にもお手紙をお書きになりました。「ナディーヌをしばらくの間、パリで勉強させたい。お目付け役にアンリエット叔母を一緒にやるから、しばらく世話を願えないか」と。二年前のことでございます。

お父様のお手紙をご覧になって、マダム・ボナストリューは、嬉しいこととお思いになりました。「田舎育ちの私に、パリは恐ろしいような気がする」と申しましたシャルロット嬢は、まだまだマダム・ボナストリューの中に健在だったからでございます。

夫のエミールは、華やかなパリの街へと美しいシャルロットを誘います。ですけれども、あまりの人の多さ、その人達の花やいだ装いに気圧《けお》されるシャルロットは、故郷の森を思わせるブーローニュの森近くのお屋敷を離れることを好みませんでした。

花のパリに住みながら、ただブーローニュの森の小鳥のさえずりばかりを友とする暮らしは寂しゅうございます。懐《なつ》かしい妹と叔母様がそこへやって来る——それを思えばやっと人心地がするようなシャルロットではございましたけれども、新婚のお屋敷に田舎出の女を二人も掛人《かかりゅうど》とし抱えてくれるほど、夫は寛大なのであろうかと思い煩《わずら》いましたのは、もちろんのことでございます。

それでも、案ずるより産むがやすしという言葉もございます。仕事柄、家を空けて外国へ出掛けることが多うございますエミールは、「それであなたの気が紛れるなら」と申しました。「これでこの家も少しは賑《にぎ》やかになるな」と、喜んでもくれました。「女優になりたい」と申しますナディーヌのために、伝《つて》さえも探し出してくれました。

それが二年前のことでございます。ブーローニュの森のほとりのその場所は、まだまだ静かではございましたけれど、そのお屋敷の内は、いささか賑やかが過ぎるようになってまいりましたのかもしれません。

秋の陽が差し込むお部屋に、近づく足音がいたしました。

お転婆《てんば》な姪《めい》の身の上を案じますアンリエット叔母様は、その足音に身を硬くいたしましたが、それは、マダム・ボナストリューが今年の春にご出産になった一人娘アンヌの乳母《うば》、マリーの足音でございました。

「やっとアンヌはおとなしくなりましたわ。私もこちらでお茶をいただかせていただこうかしら。奥様もいかが?」

パリ育ちの人慣れたマリーは、ずけずけと申します。昔気質《むかしかたぎ》のアンリエット叔母様には、この乳母の軽い今世紀風が、どうにも気に入りません。「私のナナを〝ナナ〟と呼ぶな。パリでは〝ナナ〟と

言ったら尻軽女のことなのだからなどという余計なことを言うのは、この女なのだろう」と思います
アンリエット叔母様は、ぷいと横を向いてしまわれました。

「叔母様もお茶をいかが？」

女主人のマダム・ボナストリューは、変わらぬままの物静かさでお尋ねになりますが、アンリエット叔母様は、その「叔母様も」の「も」がお気に召さないのでございます。

「だってあなた、まだナディーヌも戻らないのに、どうして〝お茶〟だなんてお気楽なことがおっしゃれるの」

アンリエット叔母様が向き直ってそう仰せられたその時、扉の向こうでは賑やかな足音がいたしました。

どうやら、おませなナディーヌがご帰還になったようなのでございます――。

第三章

舞台という悪魔

「よいお日より《ボン・ジュール》ね」

サロンの扉を開けたナディーヌは、舞台にやっと姿を現しました大女優《コメディエンヌ》のように、軽い会釈《えしゃく》をいたしました。

「本当に、早いご帰館でいらっしゃること」

お憤《むずか》りのアンリエット叔母様《おば》は皮肉を申しますが、ナディーヌにはどこ吹く風でございます。

「あなたは、今を何時だと思っていらっしゃるの？」

「さァ……」

「嫁入り前の娘が、毎日毎日朝帰り。あなたのお父様がこのことをお耳になさったら、どうおっしゃると思うの？」

けれどナディーヌは、平気でございました。

「叔母様、ここはパリ。私は女優。田舎ではないの」

「人の口というものがありますよ」

「叔母様のお気になさる人の口と、パリの人の口とは違いますの。売り出し中の若い女優が毎日毎日、日が落ちるとすぐに家へ帰っていたら、〝修道女じゃあるまいし〟と笑われてしまいますわ」

「だからと言って、夜明けを過ぎてご帰館になるのがほめられることなのかしら！」

「立派な女の勲章よ、叔母様。男というものとは遠く離れてお過ごしになった清らかな叔母様には、永遠にお分かりにならないことかもしれませんけれど」

「なんという口をおききだろう。今を何時だとお思い？　高くなった日ももう傾きかけている。午後のお茶の時間に戻って、なにが〝女の勲章〟なの。いかに浮ついた世間の口だとて、あなたのなさりようには眉をひそめて黙ってしまうわ」

おだやかな午後の時間に、なにやら剣呑《けんのん》な雰囲気が立ちこめてまいります。女主人《おんなあるじ》のシャルロットは、やんわりと二人の間に割って入りました。

「昨日お出掛けになる時、あなたはお帰りが遅くなるとおっしゃったから、私は覚悟をしておりました。けれどナディーヌ、まず一言、叔母様にお詫《わ》びをおっしゃって――」

女主人のおだやかな物言いに、ナディーヌは片足を引きました。そして、「ごめん遊ばせ《エクスキユゼ・モア》」と、なんとも大仰《おおぎよう》な一礼をいたしました。

「まだ私をからかっている」と、アンリエット叔母様はお憤《むずか》りでございますが、マダム・ボナストリューとなって五年の歳月を閲《けみ》いたしましたシャルロットは、さすがの落ち着きを見せて申しますのです。

「昨夜はどちらへお泊まりだったの、ナディーヌ？」

「お友達の部屋《アパルトマン》に泊めていただいたの。お稽古が終わったのが夜中の一時過ぎだったから、〝こんな時間にブーローニュまで帰るのは物騒《ぶつそう》だ〟って言われて。昨日も同じよ、お姉様」

「お目付け役」を自任いたします世間知らずの老嬢《マドモアゼル》には食ってかかることも多うございますナディーヌも、この物静かな女主人の姉には、いささかならぬ遠慮がございますようで、素直な申し開きをいたします。

ですけれども、その申し開きがお気に召さないアンリエット叔母様でございます。

「お帰りが遅いなら、こちらからお迎えの馬車を出しましょうよ。そうすればなにも物騒はない。電話という新しい利器がこの家にあるのは、なんのためなの？」

叔母様の大袈裟《おおげさ》な物言いに、年若いナディーヌは目を丸くして申します。

「サラ・ベルナールじゃあるまいし、駆け出しの女優の卵が毎日馬車で送り迎えをされていたら、笑われてしまうわ。いい物笑いの種。ただでさえ私は、こんなパリのはずれのお屋敷に住んでいて、劇場の人達からだって笑われているの。男に色目を遣う蓮《はす》っ葉《ぱ》娘ならともかく、私のような身持ちのいい堅気《かたぎ》の女優の卵には、送り迎えをして下さる殿方もいない。女友達の部屋で倹《つま》しい夜明かしをするだけだわ」

すると、アンリエット叔母様は申します。

「どうしてあなたに、送り迎えの殿方が必要なの？　お出掛けの時には、ちゃんとピエールがあなたを馬車に乗せて行く。お帰りの時だって、あなたが連絡をなされば、それが夜中の二時であろうと三時であろうと、ちゃんとピエールはお迎えに上がりましょうよ」

「叔母様のお相手をしていると疲れてしまう。一度で話がすんだためしはないのだから」

ナディーヌはうんざりしたように続けます。

「私がサラ・ベルナールのような大女優なら、なにをしてもいいの。でも私は、今年になってはじめて役らしい役のついた女優の卵なの。そんな女が、毎日〝大通り《ブールヴァール》〟の劇場へ馬車で出掛けて行く――

人に見られたら、いい物笑いの種だわ。私はもう去年で懲《こ》りたの。お姉様や叔母様が〝馬車で行け〟とうるさくおっしゃるから、私は毎日ピエールの操る馬車で劇場まで出掛けました——お姉様や叔母様はそうお思いでしょうよ。でも、ピエールに聞けば分かるわ。私は毎日マドレーヌ寺院の前で馬車を降りて、劇場までは歩いて行ったの」

「なぜそんなことをなさるの。ナディーヌ?」

シャルロットが申します。

「分際《ぶんざい》というものがあるのよ、お姉様。私は、まだそんな身分じゃないの」

「このもの分かりの悪い人達にどう説明すればいいのだろう?」と思いますナディーヌは、思わず部屋の中を見回しました。そしてそこに、パリで生まれ育った乳母《うば》のマリーを発見したのでございます。お針子《はりこ》だったマリーは、父《てて》なし子を生みました。それでしょうことなしに乳母になったパリ育ちのマリーは、若いながらも世間のことをよく知る女だったのでございます。

ブーローニュのお屋敷にこもりきりのまま、世間のことをろくに知りもしない女達のトンチンカンな様子を、マリーは黙って見ておりました。そこへナディーヌが申します。

「ねェ、マリー、あなたなら分かるでしょう? 私みたいな女が馬車で劇場に乗りつけたら、いい物笑いの種よね? それですんだらまだいいわ。悪くしたらこれだもの」

ナディーヌは、右の手先を伸ばして、首筋を掻き切るようにいたしました。

マリーは笑っております。やっとここに味方がいたと思いますナディーヌは、ほっとしてその横に腰を下ろそうといたしましたが、そこへ飛ぶのがアンリエット叔母様のお叱《しか》り声でございます。

「聞き捨てにならないことを言う。ナディーヌ、あなたはマルヴジョルの一員ですよ。誇り高いマルヴジョルの家の人間が〝馬車に乗れる身分ではない〟などと、家名を汚すようなことを仰《おお》せになるな!」

うんざりとしたナディーヌは申します。

「ここはパリよ、叔母様」

「パリがなんだというの！　パリの人達にとってはパリがすべて。誰も田舎の地主一家のことなんか知りません」

「マルヴジョルは、シャルル八世の御代《みよ》から四百年も続く名家ですよ！」

「誰も知らない、田舎のね。もういや！　私は女優になりたいの！」

「女優がなんだと言うの！」

「立派な職業。せっかく立派なチャンスをつかんだというのに、四百年も昔の亡霊に邪魔なんかされたくないわ」

ナディーヌはそのように申しますが、四百年の名家を誇りに思います叔母様の考えは、また違ったものでもございました。

「この世紀になってから、どうにもわけの分からないことが多すぎる。あなたは胸を張って〝職業〟などというわけの分からない言葉をお口になさるけれど、職業を持つ女にろくな女はいない。それが常識です。女にとっての〝職業〟などというものは、ただいかがわしいだけのものでしかなかった。それが、名家と言われる人達の常識ですよ。女というものは、慎《つつ》ましく家にいて、よいご縁にでも恵まれれば、楚々《そそ》としてお嫁に行く。よいご縁に恵まれなければ、倹《つま》しく美しく身を持《じ》して、神の御許《みもと》に召される日を待つ。それが女の宿命《さだめ》で、父《てて》なし子を生んだわけでもあるまいし、名の通った家柄の娘が〝職業〟などといういかがわしいものを振りかざす必要はない！」

ナディーヌの横には、乳母のマリーが腰を下ろしておりました。マリーの目は、くるぶしを見せたナディーヌの最新ドレスの足許を見ております。「気にすべきことは、自分の運命ではない。新しい流行《モード》だ」と思いますのが、パリ育ちのマリーでございました。

　ナディーヌは、その乳母の手を取ります。

「気になさらないでね、マリー」

「お嬢様、私は慣れておりますから」

「叔母様は、もうお年なの」

「ずいぶんなお年のようでございますわね」

「もう今年で四百十八歳」

「いくら立派なワインでも、それでは酢《す》になってしまいますわね」

「そうなの。あまりの酸っぱさに誰も近づかないの」

「四百十八年も？」

「そうなの」

「それはお気の毒」

　パリ育ちの若い乳母と、パリに馴染《なじ》んだナディーヌには、叔母様の言うことも、ただの空しい長広《ちょうこう》舌《ぜっ》でございます。

「ナディーヌ！　どうして私の話を聞きません！」

「聞いておりますわよ、叔母様」

「だったら、女優などやめておしまい！」

「ま？　叔母様のセリフではないけれど、聞き捨てにならない」

「そうですよ。素直に私の言うことをお聞き！」

ナディーヌは、その場で黙って様子をうかがっております姉のシャルロットに尋ねました。

「お姉様はどうお考え？」

「私？」

シャルロットは、おだやかに口を開きます。その様子は、いかにも名家の令夫人《れいふじん》にふさわしいものでございました。

「私は、お父様から〝ナディーヌを頼む〟と仰せつかっただけですもの。なんとも申せません。ナディーヌのことは、ナディーヌが決めればよいものと思っております。ナディーヌも、もう二十歳《はたち》を過ぎた大人ですもの」

「二十歳を過ぎても、まだ嫁入り前の娘よ」

アンリエット叔母様のご苦言《くげん》に対して、シャルロットは申しました。

「それでも、こうして劇場に通っておりますもの」

「それが問題なんじゃありませんか。まだこんな若い娘を、平気で夜中の一時二時までこきつかう。そんないかがわしい職業に黙ってつかせておくわけにはいきません」

「サラ・ベルナールも女優よ！」

ナディーヌが抗議をいたしました。

「〝フランスの誇る宝だ〟と、叔母様もおっしゃった。あんなに美しい言葉を響かせる人は見たことがないと、『椿姫』をご覧になった叔母様はおっしゃった。パリに出てきて、〝明日は国民座《デ・ナシヨン》のサラ・ベルナールだ〟という一年前の今頃は、まるでお嫁入り前の処女のようにわくわくして、新しいドレスを胸に当てて、見苦しいようにはしゃいでいらっしゃった」

不平に口をとがらせますナディーヌに対して、アンリエット叔母様はぴっしゃりとおっしゃいました。

「サラ・ベルナールは、立派な才能のある女優です。あなたのどこに才能があるの？　あなたは〝大《ブール》通り《ヴァール》〟の寄席のようなところで、〝民衆の一〟というようなお役をなさっている。私は、あなたの言葉を美しいと思ったことなど、まだ一度もありませんよ。エミールはあなたに、バレエやらお歌の先生をつけた。それであなたは、なにやらお稽古《けいこ》に励んでおいでだったようだけれど、コメディ・フランセーズからお呼びがかかったというわけではない。あなたはただいやらしく人前に出て、男にちやほやされたいだけなのよ。なんといやらしい！」

　アンリエット叔母様の言葉には、遠慮というものがございません。ナディーヌは顔をしかめて立ち上がりました。そして、乳母のマリーに対して、身振り手振りで語り始めました。

「サラ・ベルナールは、はじめ、女優になる気などは毛頭《もうとう》ございませんでした。身持ちのいい、正しい修道女となるために、グラン・シャンの修道院の女学校で、清く正しい生活を送っておりました。ある時のことです、この修道院で宗教劇を上演する機会がありました。観客席においでになったのは、ご視察においでの宗教界のご立派な聖職者の方々ばかりでした。もちろん、サラには出番がありません。たとえ宗教劇とはいえ、サラには、芝居などというういかがわしいものへの関心などは、まったくなかったからです。ところが、出演の生徒の一人が、急病になってしまいました。なんの用意もないサラは、その代わりとして、舞台に立たなければならなくなったのです」

　ナディーヌの話術は、なかなか巧みなものでございました。それで、引き込まれたマリーは、「どうしましたの？」と尋ねました。

　片目をつぶって、ナディーヌは申しました。「大成功！」

　そして、不倫の恋に身悶えする古代ギリシアの王妃のように、激しく身をくねらせながら申しました。

「ああ、いかなる運命のいたずらのなせるわざでありましょう、私はそれ以来、舞台の悪魔に取り憑《つ》かれてしまったのでございます！」

「ブラヴォー！」

乳母のマリーは、嬉しそうに手を叩きました。姉のシャルロットは苦笑いをいたしながらも、「本当に、あなたがいると退屈をしないわ」と申しました。

ナディーヌは続けます。

「なにが、サラ・ベルナールをそうさせたのでしょう？」

問われたマリーには分かりません。

「簡単よ」

世話に砕けたナディーヌは、元のように腰を下ろしますと、勝ち誇ったように申しました。

「客席にいたお坊様が、サラをほめたからよ。どんな女だって、舞台に立って男にほめられたら、もう舞台を下りられなくなるの。サラ・ベルナールに取り憑いた舞台という悪魔は、並の男の形をした情欲という悪魔よりもずっと恐ろしくて、ずっとずっとしつこい悪魔なの。それを、サラ・ベルナールというフランスの宝が証明しているの。以上、私の申し上げるべき事柄はこれまでですわ」

そしてナディーヌは立ち上がると、軽やかにサロンの出口へと向かいました。「失礼。そろそろお茶の時間ね？　私は着替えてまいりますわ」と言い残して。

あきれて、そして心配そうな顔をいたしますのは、アンリエット叔母様でございます。シャルロットの役は、それを押し留めますことでございました。

「ナディーヌはまだまだ子供ですわ。今の様子をご覧になればお分かりでしょうに」

マリーも大きくうなずきました。

世間知らずの、女が外に出るということにさえ危《あや》ういものを感じておりますアンリエット叔母様は、それでも、「本当に大丈夫なのだろうか」と、まだまだ心配顔でございます。ですが、ナディーヌの申しますことは、どうやら本当だったのではございます。

夜遅く、ナディーヌをブーローニュのお屋敷にまで送ってきてくれる殿方がいないということは、本当でございました。夜遅くまで、舞台の稽古が続いたということも、本当でございました。ですけれども、そのナディーヌが、夜明け過ぎから昼過ぎまで、どこでなにをしていたのか？　誰もそれをナディーヌには尋ねませんでした。尋ねられないことに答える理由はないと思いますナディーヌは、その間のことを、なに一つ申しませんのでした。

口に出来ぬ相手と口に出来ぬことをすれば、そうなるのも当然のことなのではございましょうけれど――。

第四章
大通り《ブールヴァール》の秘密

その日の朝でございました。

遅い秋の陽《ひ》が差し上がりますのを少しでも先回りしようといたしますかのように、一台の馬車が白々明けのグラン・ブールヴァールを東から西へと進んでまいりました。

グラン・ブールヴァール――パリで最も華やかな大通り。劇場が並び、カフェが並び、人が集まり、その集まった人達が妍《けん》を競う、大通りの中の大通り。昼の賑《にぎ》わいと夜の華やぎが少しも変わることのない洒落《しゃれ》者達の世界、グラン・ブールヴァール。それを昔風に、ただ「大通り《ブールヴァール》」と申しましょうか？　舞台という悪魔に取り憑《つ》かれたナディーヌの通います劇場も、もちろんその一角にございました。

その昔、パリの町のぐるりに城壁がございましたことなど、今となっては誰が信じましょう。ですけれども、この世で最も美しい華やぎの都にも、敵に備えるために城壁を造るなどという厳《いかめ》しい過去がございました。なにしろ、あの美しいルーヴル宮でさえ、遠い昔には無骨な石造りの城砦《じょうさい》だったのでございますから。

サン・マルタン門からマドレーヌ寺院まで、厳しい石の城壁が、遠い昔のパリのぐるりにはめぐらされておりました。遠い遠い昔のことでございます。それが、ルイ太陽王の御代《みよ》に取り壊され、優雅な並木道となりました。いかにも華やかなことをお好みでいらした太陽王の御代にふさわしいことでございます。優雅な優雅な並木道。まるでノルマンジーのグランド・ホテルの遊歩道のような、美しく優雅な人達がささめきながら歩きます、のどかな散歩道。それがあの華やかな「大通り《ブールヴァール》」のはじまりでございました。

マドレーヌ寺院の前からうねうねと続きます長い並木の遊歩道のはずれには、美しいお屋敷が建ち並びました。美しいお店も、豪華なレストランも、おしゃべりなカフェも、浮いた艶聞《えんぶん》を生み出す殿方やご婦人方も、この遊歩道に集まってまいりました。

マドレーヌ寺院の前からオペラ座へと続くのはキャピュシーヌ大通り、オペラコミック座の前ではイタリアン大通り、そしてモンマルトル大通り、ポアソニエール大通り、サン・ドニ門まで続くボンヌ・ヌーヴェル大通り、その先はサン・マルタン門まで続くサン・マルタン大通り——東の果ての共和国《レピュブリック》広場まで、この長い一筋の遊歩道は、名をいくつも変えながら続いておりました。そして辺りの様相も、その通りの名が変わるのと同じように、わずかずつに違ってまいりました。

長い長い遊歩道は、その東のはずれで不思議な異名を持ちます大通りと接しておりました。「犯罪大通り《ブールヴァール・デュ・クリム》」——なんという恐ろしい名前でございましょう、そんな異名を持ちます通りがございました。

劇場に、見世物小屋に、サーカス《シルク》。小さな物売り店《キオスク》に、ダンスホールに、カフェ。賑《にぎ》やかではございますが、豪華とか優美とはいささか色合いを異にいたします店ばかりが建ち並んで、お上りさん達が肩をぶつけ合うようないかがわしさが、その通りにはございました——それが恐ろしい「犯罪大通り」。でも、粋なパリジャン達の申しますことをそのまま真に受けてはいけませんわ。「犯罪大通り」

とはつまり、「お芝居大通り」だったのでございます。

すべての物事には、はやりすたりがございます。その頃のパリで、お芝居と言えば、人殺しや泥棒や人さらいがはびこる恐ろしいお芝居ばかりでございました。そんなお芝居を競って上演いたします劇場が並んでおりましたので、それで「犯罪大通り」――今のタンプル大通りの一昔前の姿でございます。「お寺《タンプル》大通り」と「犯罪大通り」、その二つのものが同じものだなんて、おかしいこと。でも、もしかしたらそれが、華やかで残酷な、人で賑わうパリという町にふさわしいありかたなのかもしれません。

「犯罪大通り」がございましたのは、このお話の五十年も前のこと。口やかましいお目付け役のアンリエット叔母様がお生まれになった頃でございます。おませなナディーヌの通います劇場に、もう〝犯罪〟はございませんでした。優雅で、そして少しばかり猥雑《わいざつ》な姿も見せておりました遊歩道《ブールヴァール》は、パリの町を今のような美しい街に変えてしまいましたオスマン男爵の都市計画によって、見事に華やいだ「大大通り《グラン・ブールヴァール》」へと姿を変えてしまったからでございます。

セーヌ県の知事でございましたオスマン男爵は、パリの町を徹底的に造り変えました。道幅を広げ、町並みを整え、花開く都をそのままにあらわしますように、道路を美しい放射状に通しました。パリは、オスマン男爵の手によって、最も美しい都として生まれ直ったのでございます。

パリで最も美しい劇場、オペラ座を造りましたオスマン男爵は、もちろん、その前を通ります遊歩道の道幅も広げました。美しい並木の姿はそのままに、オスマン男爵は、東西にうねうねと続く長い道を、イタリアン大通りのはずれから共和国《レピュブリック》広場までを一直線に見通せるような、広い大通りに変えてしまったのでございます。

春のつむじ風が吹き抜けるように、人の賑わいがこの大通りを満たしました。「犯罪大通り」は寂れ、遊歩道の東にございましたいかがわしさと西の端の豪奢《ごうしゃ》とは、グラン・ブールヴァールの中で一つになったのでございます。

そのグラン・ブールヴァールを、一台の馬車が進んでまいりました。

街はまだ眠っております。馬車はいたってありふれた辻馬車でございました。北駅《ガール・デュ・ノール》を出た辻馬車は、サン・ドニ大通りからグラン・ブールヴァールへと入り、グレヴァンの蠟《ろう》人形館の前を通って、モンマルトル大通りにその口をのぞかせておりますパノラマ小路《アーケード》の前に止まりました。

白い朝の光は、ようやくモンマルトル大通りの敷石の上に届こうとしておりましたが、道の両側の並木の陰には、まだまだ冷ややかな夜が静かに佇《たたず》んでおりました。清掃夫の馬車が通り過ぎます他は、あたりに人の姿がございません。馬車から降り立ったその人は、黒い鞄《ヴァリーズ》一つを手にいたしますと、そのまま、美しいモザイク模様の敷石がございますパノラマ小路へと足を進めました。

透き通った切板ガラスの屋根の上には、澄んだ夜明けの光がございますが、まだ暗いアーケードの中は、まどろむ夜でございました。両の側に建ち並ぶ店々は戸を鎖《とざ》し、ショーウインドウの中に飾られた大理石の卵や凝った細工のステッキが、冷たい靴音を立てて通り過ぎるその黒い人の様子を、じっと確かめておりました。

黒いコートの貂《てん》の毛皮の襟《えり》に顎を埋めておいでのその人は、ムッシュー・ボナストリューでございます。

パノラマ小路――その辺りには以前、珍しい異国の風景を描いた巨大なパノラマを収めました十二の塔がございました。人で賑わう見世物小屋のある通り。劇場と蠟人形館とパノラマの見世物のございましたその辺りは、かつての犯罪大通りのいかがわしさが移し植えられたような所でもございましたが、「パノラマ」の名ばかり残ります今となっては、おとなしやかな高級品店が軒《のき》を並べるアーケード街となっておりました。

そのパノラマ小路を、ムッシュー・ボナストリューは左へと曲がりました。こんな時間このような場所で、ムッシュー・ボナストリューはなにをしておいでだったのでしょう？

角を曲がったその先には、ヴァリエテ座がございます。更にその先には証券取引所がございます。商用で外国へおいでのはずのムッシュー・ボナストリューがこのようなところにおいでになる——ということは、なにかお仕事の上での重大事でも発生したということなのでしょうか？　まだ証券取引所の黒い大扉が閉められたままのこんなお時間に。

ムッシュー・ボナストリューの黒い革手袋の先には、所番地の書かれた小さな紙切れがございました。その夜遅くなるまでナディーヌがお稽古を続けておりましたヴァリエテ座の前を通り過ぎられたムッシュー・ボナストリューは、もう一度道の角を曲がりました。どうやら行先は、証券取引所とは違う向きでございます。

アーケードの奥の迷路のような道の先には、古い石造りの建物がございました。所番地をお確かめになったムッシュー・ボナストリューは、その中へ。やっと起き出した管理人部屋の窓から洩れる明かりを避けるようにして、ムッシュー・ボナストリューは古いアパルトマンの階段をコツコツと上って行かれたのです。

抑えたようなノックの音がいたします。白ペンキの剝《は》げたドアの向こうからは、「ナディーヌ……」という小さなささやき声が聞こえます。そのかすかな物音に、ナディーヌは目を覚ましました。白いシーツの下に、着ているものはなにもございませんでした。

大胆なナディーヌは、その白いシーツばかりを身にまとって、部屋のドアを開けました。そして、「エミール！　ブラヴォー！」と申しました。

「ここが、きみの女友達の部屋かい？」

ムッシュー・ボナストリューは申します。

「そう。でもココットは、今日は〝いい人〟のところ」

「突然電報なんかよこすから、びっくりした」

「そう？　でもお義兄様《にい》の〝機会を作る〟を待っていたら、いつのことやらですもの」

「〝お義兄様〟はやめてくれよ」

「でも、あなたは私のお姉様の旦那様。そうでしょ、エミール？」

「悪い女だ、ナディーヌ」

「悪い旦那様よ、エミール」

黒いコートと白いシーツが、古い屋根裏のアパルトマンの中で一つになりました。

「ねェ、エミール、今度の役はすごいの。だから私、待ちきれなかったの」

白いナディーヌの体は、白いシーツの海の中にございました。スプリングがきしむ屋根裏部屋の安物のベッドの上の、白い柔らかなシーツの海。若い娘のとろけるような蜜《みつ》の匂いが、その部屋の中にはございました。

部屋の外の夜明けの寒さから逃れるように、ムッシュー・ボナストリューは黒いコートを脱ぎました。コートを脱ぎ、上着を脱ぎ、懐中時計の鎖をはずし、ズボンのベルトに手をかけましたが、ベッドの上のナディーヌは、なんのお手伝いもいたしません。ただ嬉しそうに笑いながら、新しいお芝居で与えられた自分の役回りを話すばかりでした。

「私の見せ場はね、二幕の最後の劇中劇にあるの。ここで主役のシュザンヌは、若く美しい美の女神アフロディーテに変身するの。ピンクのチュチュを着た大勢の海の泡の精に囲まれて登場するんだけれど、私はそこに金色の蝶の精になって出るの。金色のチュチュに羽をつけて、トウで立って登場するの。そしてね、まだ生まれたばかりの、恋を知らないアフロディーテに、素晴らしい恋の誕生を告げるの。こうよ――。〝さァ起きなさい、アフロディーテ。素晴らしい春の時の中で、あなたは美しい恋の心に目覚めるのです〟」

ベッドの中でナディーヌは、その自分に与えられた唯一のセリフを、二度繰り返しました。

胸を覆うシーツをはだけさせて、三度目にセリフを繰り返そうとした時、胸の中に潜む金色の蜂のような心に急《せ》き立てられたムッシュー・ボナストリューは、若く美しい妻の妹の横にすべり込んでおりました。

「ナディーヌ、きみは素晴らしいよ。ナディーヌ、ナディーヌ……」

その義理の兄の唇をくすぐったそうに避けながら、ナディーヌはくつくつと笑いつづけておりました。

ナディーヌにとって一番重要なことは、舞台に立って観客に微笑《ほほえ》みかける美しい自分自身の姿。そして、その次に重要なものは、そんな自分を愛しいものとして抱き締めてくれる男の姿。陶酔と興奮の幕が下りた時、舞台の袖から走り寄り、自分を抱き締めて新しい興奮へと誘《いざな》ってくれる男の体。

義兄に抱きすくめられてナディーヌは、もうなにも申しませんでした。

「自分のしどころは終わった。後は相手役がいいようにしてくれる」――まだ素人を一歩抜け出したばかりのナディーヌも、恋の舞台の上では、既に女優の気構えを十分に見せておりましたのでございます。

屋根裏部屋のベッドは、聞き苦しい音を立ててきしみました。でも、舞台の上の二人には、そんな楽屋の物音など聞こえるはずはございません。そして、ブーローニュの森のほとりにございますお屋敷《メゾン》で朝を迎えようとしておりましたボナストリュー家の女達は、そんな出来事がグラン・ブールヴァールの一角で繰り広げられていようなどとは、夢にも思いませんでした。

白い霧のような夜明けの光が破れて、その中から美しい秋の日の訪れを告げる金色の光の箭《や》が飛び出してくるさまを、まぶしそうに見つめ続けるだけでございました。

その日が、とても美しい日だったことは、もうお話ししてしまいました。美しい秋の日は昏《く》れて、その後には冬がまいります。秋は終わらず、ただ訪れる凍《い》てついた冬。秋の秘密を封じ込めて、ただ何も知らぬままにやり過ごすだけの、厳しいパリの冬。そしてその後に、春の淫《みだ》らが訪れます。凍《こご》えた冬の森に訪れる、春のなまめかしさ。ブーローニュの森近くのお屋敷へも、新しい訪問者が現れるのでございます。

第五章

春の星空

どうしたものでございましょう。春の夜空は寂しゅうございます。

雲に覆われた鈍色《にび》の空から引き抜かれるようにして昼の光が消え失せてしまう冬の夕暮とは違って、春の夕辺《ゆうべ》の空にはおだやかな薄紫《モーヴ》の色が宿ります。西の彼方《かなた》からは太陽が朱色《ヴェルミヨン》の光を投げかけて、その雄々しいアポロンの輝きのかたわらには、宵の明星《ヴィーナス》の美しい微笑《ほほえ》みがございます。

春の菫《すみれ》は、あでやかな黄昏《たそがれ》の空の色。消えて行く昼の光がふくよかな夜の女神の懐《ふところ》に抱かれて、濃い菫色の光に変わります。主《しゅ》の復活祭の訪れと共に、夜空さえもが豊かに息づくのでございましょう。なのにどうして、その春の夜空は寂しくもございましょうか。

ただ遠く、暗く冷たく身を切るばかりに澄み渡った冬の夜空を輝かせていたあの星々は、どこへ行ってしまったのでございましょう。

天翔《あまかけ》る天馬ペガサスの大いなる輝きも、美しい王女アンドロメダの澄んだ遥かな瞬《またた》きも、冬という季節の終わりと共に、遠く西へと去って行きます。夜空を見上げる人の心を慈《いつく》しんでくれますように中天高く輝いておりました冬の巨人オリヨンの星々も、今では西空低く、頭《こうべ》を垂れますようにしてございます。燦《きら》めく銀河さえもが、別れを告げる貴婦人の裳裾《もすそ》のように、朧《おぼ》ろに遠のいてまいります。冬の夜空に描き出された遠い神話の豊饒《ほうじょう》な物語が消えて、生々しい人の息遣いの季節が訪れるからでもございましょうか?

夜空からは、冬の厳しさが失せております。まだ枯草ばかりが目立ちます春の野のように、その空はただ広く、寂しゅうございます。胸騒ぎのような春の息吹《いぶき》はもうそこまで来ているはずなのに、来ぬ人を待つ心の洞《うろ》を覗き見てしまったように、春の夜空はただ広く、寂しゅうございます。

東の空に、早咲きの忘れな草の花束のような乙女座の星々が輝いて、そればかりが春の初めの心細さを伝えます。幾度めぐり逢ってもなおなお新しい、春という時の若くて美しい心細さを。

その日、ブーローニュの森のはずれのお屋敷には、一人のお客様がございました。ご主人のムッシュー・ボナストリューがアフリカ大陸で大層なお世話になったとおっしゃいます、お若いフランス軍の中尉でございました。お名をフィリップ・ショーマレーと申し上げます。

ご主人のエミールは、なにも詳しいことをおっしゃいませんでした。ただ、「パリで珍しい人に逢った。アフリカでは大変お世話になったから食事にお呼びした」と、それだけをボナストリュー夫人にお申しつけになったのでございます。

ボナストリュー夫人は、社交というものをあまりお好みにはなりませんでした。お輿《こし》入れ前のお実家《さと》においでの頃には、そうでもございませんでした。このパリのはずれのお屋敷に落ち着かれてからのことでございます。

旦那様は、様々のことを奥様にお求めになります。一流のサロンへのお顔出しですとか、各界の名士が集《つど》われる夜会《ソワレ》や、華やかな特別公演《ガラ》へのご出席。お客様を呼びになっての晩餐会ですとか、あるいはお客様としてのお呼ばれ。「パリのゴム王」とも呼ばれ、様々な人とのおつきあいをご必要となさいますお仕事でございますから、奥様にも社交の席へのご参加を、是非にとお望みになるのでございます。

新しいレストランの店開きなどがございますと、「あなたも新しいパリの顔を知っておかなければ」などとおっしゃって、奥様のご同道をお求めになることもございます。ですが、お若いマダム・ボナストリューは、そうしたことをお喜びにはなりませんでした。

一つには、お知り合いの少ないパリでの気後《きおく》れがございます。そのように旦那様にもおっしゃったのでございますけれども、「それを言っていれば一向に知り合いとなる人も増えない」と、ムッシューはおっしゃいます。それで、強《し》いてお出掛けになることもございましたが、その度々にお衣装がご大変でございました。

「それは今の流行ではございません」と、服飾店《クチユリエ》が申します。「パリのゴム王の奥方であるあなたには、是非ともこれをお召しいただかなければ」などと、ご自分の好みとは違う衣装《ローブ》ばかりを押しつけられることもございます。また、そうしたものをお召しにならなければ、人の口というものもうるそうございます。

ご威勢のある方の奥方は、そのご主人にふさわしいものをお召しにならなければなりません。それでなければ、ご主人のご威勢が疑われてしまいます。人目立ちがしたくないとお考えになりましても、パリのゴム王の奥方として人前にお出になりますのですから、どうしても人目立ちのするものをお召しにならなければなりません。それが、マダム・ボナストリューとおなりになった方のお役目なのでございます。

ですけれども、人目立ちがしたくないとお考えになる奥様は、社交の席で豪華なローブをお召しになりましてもお心が落ち着かれません。咄嗟《とっさ》の機転でお返しにならなければなりません会話の口も、ついつい遅くなることがございます。「控え目でおとなしい妻」という称号も、サロンという社交の世界では、ただ機転のきかない鈍《どん》な方という意味に成り下がってしまうのです。

美しく着飾るということは、ご自身のためではなく、人に侮《あなど》られる標的とならぬようにということでもございます。クリュノールの土地で昔風のご教育をお受けになった奥様《マダム》には、それがおいやだったのでございましょう。

パリの街には素晴らしいお料理を出します豪華なレストランがいくつもございます。以前からもございました。この世紀《シエクル》になりまして、新しいお店も数多く店開きいたしました。ムッシュー・ボナストリュ一は、「あなたも新しい時代の味を覚えておかなければ、こちらへやって来るお客様のおもてなしで恥をかくことになるよ」とおっしゃいます。お客様のおもてなしは女主人《おんなあるじ》のなすべきこととお考えになりますマダム・ボナストリューは、そう仰《おお》せられてしまいますと、逆らうことがお出来になりません。お二人で着飾って、そうしたお店へお出ましになることもございましたが、それはいたって落ち着かないことでございました。

「私はやはり、この家で、この家においでになるお客様をおもてなしすることだけに留めておきたい」とお考えになるのが、浮いたことをお厭《いと》いになるマダム・ボナストリューのお心でございました。

マダム・ボナストリューは、お屋敷に引き籠っておいでになることが多うございました。そこはブーローニュの森近い、静かで美しいところでございます。マダム・ボナストリューは、そのお暮らしに満足なさっておいでてでしたし、そのお屋敷の掛人《かかりゅうど》となりましたアンリエット叔母様もご同様でございました。

派手なことを好みますナディーヌは、義兄となりましたムッシュー・ボナストリューと共に、マダム・ボナストリューの名代《みょうだい》という形であちらこちらに出歩いておりましたが、まさか五十《いそ》を越えた叔母様がそのようなことをなさるわけにもまいりません。叔母様は、美しい緑に囲まれたお屋敷の中で落ち着いて、そしてでも、「せっかくパリに来た私が、なにも知らぬままに過ごしていてもいいのかしら……」と、なんとはなしの物足りなさをお感じだったのでございます。

そんな叔母様にとって、なによりの好物は、ボナストリュー家を訪ねるお客様でございました。

珍しい話、変わった話をもたらしてくれるお客様方。もうとうの昔におだやかに静まっているはずの恋の心を、やんわりと刺激してくれる殿方。女としての美しいあり方を身をもってお示しになる、しとやかなご婦人。あられもなさを垣間《かいま》見せて、積もりに積もった欲求不満を一挙に解消させてくれる悪口の種となるような、〝好ましくない女性〟。遠い昔の乙女の頃を思い出させてくれるような、若い殿方。後添《のちぞ》いとなる人をひそかに探しているかもしれないような、もう若くはない殿方。様々なお客様がおいでになるということが、この叔母様にとっての最大のお楽しみだったのでございます。

「明日おいでになるというお客様はどなた？」

ムッシュー・ボナストリューのお申しつけを聞きつけられた叔母様は、さっそくに姪《めい》のボナストリュー夫人へお尋ねになりました。

「ショーマレー中尉とおっしゃる方だそうでございます。アフリカでお世話になったと」

シャルロットの答に、叔母様は思いをめぐらします。

「お若い方？　お家柄は？　どんな方だろう？　アフリカでお知り合いになったという方だとすると、色は黒いわね。軍人さんだとおっしゃるけれど、まさか、がさつで野蛮な方ではないわね？」

マダム・ボナストリューに答えようはございませんので、ただ、「さァ……」とばかり申します。

「明日のお客様に限って、あなたはどうしてご存じないの？」

「だって、エミールが申しませんもの。〝アフリカでお世話になった方だ〟と。お年の方は、まだ三十にはおなりになっていないと、ただそれだけですのよ」

「他には？　他にはどなたがお見えになるの？」

「お客様はお一人と伺っておりますけれど」

「お一人？　ヘンね。若い殿方が、お一人？」

「はい」

「それでこちらは？　エミールとあなたと私と、それだけ？」

「明日の夜にはナディーヌもこちらにおりますけれど」

「ナディーヌ？　あの子も明日はお客様をお迎えするの？」

「そのつもりでおりますけれど。舞台の方も、なんですか不入りで、新しい演目《だしもの》が出来ますまではお休みだそうですよ」

シャルロットの言葉に、叔母様は不思議な微笑みを見せて申しました。

「私には分かった」

「なにをでございますの？」

「あなたも世間知らずねェ。パリへ来て六年になろうというのに、この家の中に引き籠ってばかりいるから、いつまでたってもネンネなの」

「なんですの、叔母様？」

「縁談よ。決まっているじゃないの」

「誰の縁談ですの？」

「ナディーヌ――あなたが〝ナナ〟と呼ぶなと言うから呼びませんよ。ナディーヌだもの。もうあの子も、そんな年になっていたのよ。あなたは分からないだろうけれど。明日お見えになるお客様は、きっとナディーヌのお相手よ。私はそう思う。だからエミールは、あなたに内緒にしていたいの」

「なぜですの？　なぜ、エミールが私に内緒にしなければなりませんの？」

「それは、あなたを驚かすためよ」

「なぜ、私を驚かせなければいけませんの？」

「だって、あなたはネンネだもの。もう大人になっているナディーヌのことをなにも考えない。ただぼんやりと家内《いえうち》のことばかり考えているから、それでエミールがあなたの代わりをしているの」

「まさか――」

「私には分かる。本当は、あなたの仕事なのよ。エミールはどこ？」

「ナディーヌと出掛けております」

そして、一瞬の間合いがございました。ほくそ笑むようにして、叔母様が申しました。

「ほら、ごらん。あなたが妹のことをかまいつけないから、エミールはその気になっているのよ」

「どんな、気でございますの？」

「気にかけてやっているということ。家のことしかかまわないあなたに代わって――」

叔母様の言うことが、シャルロットには違って響きました。春の日差しの中に、突然舞い戻った北風が吹き抜けるような違和感がございました。それがなんであるのか、ボナストリュー夫人には理解の出来ないことではございましたけれど、「もしや」という胸騒ぎが不意に現れましたのもまた、確かなことではございました。

「一体、なにがあったのだろうか？」

そっとボナストリュー夫人は自問をいたします。

なにもございません。ただ、明日の夜にお客様がお一人あるという、それだけのことでございます。

ただそれだけのこと。なにも不思議はございません。それなのに、ふっと暗い深淵を覗《のぞ》き込むような眩暈《めまい》を感じそうになるのはなぜでしょう？　なにもないのでございます。

ボナストリュー夫人は、〝その夜〟のことを思いました――明日の夜、青い星空の下に訪れる、遠い異郷からのお客様のことを。

「その人は誰なのだろう？」

考える必要もないことを考えました。たった一人のお客様をお迎えするだけなのに。

訪れたのは、春の夜空の予感ばかりでございました。

第六章

菫《すみれ》色《いろ》の瞳の中尉

澄んだ星空の下からお姿を現されたお客様は、美しい夜会服《トゥニュ・ド・ソワレ》をお召しになっておいででした。さすがにお肌の色ばかりは強い南の光に灼《や》かれて、ショコラの色をした鞣革《なめしがわ》のようではございましたけれども、天使のような金色の髪と、春の夜空のような青みの勝った菫色をした瞳をお持ちのその方は、大層に美しい方とお見えでした。

「フィリップ・ショーマレー中尉。アフリカでは大層お世話になった方だ」と、ムッシュー・ボナストリューが申しますと、お年がいもなく春の花園のように装われたアンリエット叔母様が、お手を取られた中尉に向かって、すぐにおっしゃいました。

「中尉さんがお見えになるとエミールが申しますのでね、さぞやさぞ、軍服姿の凛々《りり》しいお方がおいでになると思っておりましたのに、なんとまァ、お美しい夜会服がお似合いになることね」

ショーマレー中尉は申します。

「それは申し訳のないことをいたしました。実は私は、近い内に軍隊を辞めようかと思っておりますので」

「まァ」と、叔母様はエミールの方へ振り向きます。

「お心の内では、ということですよ。ショーマレー中尉は、軍隊というものに嫌気《いやけ》がさしておいでになる。だからと言って、アフリカがお嫌いかどうかは分からない。それで私は、今夜こうしてこちらに中尉をお招きしたというわけだ」

「どういうことでございますの?」と、マダム・ボナストリューは、夫のエミールに尋ねました。

「軍隊をお辞めになるのならいい機会だ。それならば、私共の会社のアフリカ支配人になっていただけないかと、私はそうお願いしているわけだ」

「まァ」と、シャルロットは申します。そちらに向かって「それ、ごらんなさい」と、アンリエット叔母様が大きな目くばせをいたしましたことは言うまでもありません。

「やはりエミールは、この方を身内にして、ナディーヌとのご縁談を考えているのよ」と、アンリエット叔母様の目くばせは語っておりました。

「やはりね」と、アンリエット叔母様は申しますけれども、シャルロットにはなにも申しようがございません。「自分の知ることは、夫の語ったことだけ。夫の語っていないことは、まだ自分の知らぬこと」というのが、マダム・ボナストリューとなりましたシャルロットの考え方でございました。それ以上のことを、シャルロットは口にしようとはいたしません。ショーマレー中尉も、はにかんでおいでした。

「いえ、私はなにも」

お若いはにかみ屋の中尉はただそればかりで、そのお心持ちを代弁なさるのは、ムッシュー・ボナストリューでございました。

「いずれ、ということだよ。なにも急ぐ話ではない。中尉にもいろいろお考えはおありだろうから、私達の提案も一つ頭の隅に入れておいていただこうと、ただそればかりのことだ。今日はただお食事を差し上げるだけさ」

そしてエミールは、一人取り残される形になっておりましたナディーヌを、ショーマレー中尉に紹介いたしました。

「ごきげんよう《ボン・ソワール》」

ナディーヌは申しました。

「お美しい方ですね」と、ショーマレー中尉は、ムッシュー・ボナストリューに向かっておっしゃいます。そしてナディーヌに向かって、「お召し物《ローブ》もとてもお美しい」と。

ナディーヌは「どうも《メルシー》」と申します。ナディーヌの答えようばかりを耳にしておりますと、年頃のお嬢さん《マドモアゼル》がはにかんでのことのようにも響きますが、どうもそうではございません。ムッシュー・ポール・ポワレのデザインいたしました最新のローブを身にまとったナディーヌは、なにやらその場の雰囲気に怪訝《けげん》なものを感じ取ったのでございます。

姉のシャルロットと叔母様が、なんとも言いようのない様子で、ナディーヌを見ております。見るともなく、見ぬともなく、まるで品定めをするようにナディーヌを見て、そしてお隣のショーマレー中尉のご様子と見比べております。

「なんだというのだろう？」

ナディーヌには、その目の前にいる陽《ひ》に灼けた男が、一向にピンとこないのでございます。

ただ背の高い、陽に灼けて色の黒くなった男でございます。陽に灼けた肌にはソバカスもかすかに浮いて、美しいはずの金髪も、なんだか煤《すす》けたもののように見えます。なるほど、それは遠いアフリカから来た男でございましょう。華やかで洗練されたパリの男とはまったく違う、気のきいたお世辞の一つも言えないような男でございました。

「近寄れば強い日向《ひなた》の匂いのする、どこかからアフリカの土埃《つちぼこり》でも舞い上がりかねないこの男が、一体なんだというのだろう？」

ナディーヌは、自分とその男を見比べるような、姉と叔母二人の視線がわずらわしくございました。

「まるで、私とこの男の間に〝なにか〟があるような顔をして。一体、その視線はなに？」

そう問いたいナディーヌは、黙って義兄を振り返りました。

エミールはなにも申しません。ただ、「なんだい？」というようなとぼけた視線を向けて、義妹のナディーヌを見るのでございます。

「エミールは、あきらかに嘘をついている」

その嘘の正体がなんだか分からぬまま、ナディーヌは義兄の心を見破りました。まさか「エミールが自分に飽きた」などとは思いもしない、ナディーヌでございます。

「私はなぜここにいるの？　なぜここで意味のない客の相手をさせられなければならないの？」

姉の夫と邪《よこしま》な関係を結びましたナディーヌにとって、姉とその夫が「正式な男女の一組」として家に客を迎え入れますそのことが、大層に居心地の悪いことでございました。闇雲《やみくも》に憎悪ばかりが湧《わ》き上がって、すぐにでもその場を離れたいと思いました。

パリの服飾界《クチユリエ》を牛耳るばかりの腕と勢いを持ちます大洋裁師ポール・ポワレの提唱いたします新しい衣装《ローブ》は、女の体を窮屈なコルセットから解き放ちました。服の中心は胸許《むなもと》に集められ、美しい布の線はそこからなだらかに流れ落ちるように、解き放たれた女の体を覆いました。もう窮屈なコルセットで胴回りを締め上げる必要はございません。女の体は自由で、「美しい」と言われたナディーヌの肉体は、その新しいローブの下で、豊かに奔放でさえございました。

胸乳《むなぢ》から腰のところまでをきつく引き締めて、ただ床に落ちた美しい繻子《サテン》の襞《ひだ》を豊かに見せるためだけに作られたような時代のローブは、ナディーヌにとりまして、愚かで古臭くて偽善的なもののようにしか思えませんでした。それでナディーヌは、愚かに古臭く偽善的に装った姉の立ち姿を、憎むほどの勢いで注視したのでございます。

貞淑の枷《かせ》から離れた女は、一座の人々の演じます社交芝居を、嘘だと断じておりました。ですが、同じ一座の人々は、誰もそのようには思いません。世間の風に触れた若い娘は、ただ戯れに新しさだけを求めて、いざとなれば硬くなって口もきけずにいる――そのように思いなしたのでございます。

黄色いミモザの花によそえられたシャンパンが運ばれれまして、一同は薄いクリスタルのグラスに口をつけました。そうして、春の卵のお酒の豊かさを味わったアンリエット叔母様の胸の内には、豊かな好奇心の泡が、ふつりふつりと湧き出してまいりました。

「中尉さんは、軍隊をお辞めになって、どうなさるおつもりですの?」

アンリエット叔母様の問いに、ショーマレー中尉は、「いえ別に、なにも――」とお答えになりました。「しばらくは、のんびりしていたいだけですよ」と言って、ショーマレー中尉は、オマール海老のパテをお口に運ばれました。

「中尉のお家は立派なお家柄だから、なにも心配することはありませんよ」と、助け舟を出しますのは、ムッシュー・ボナストリューでございます。

「まァ」と、アンリエット叔母様の顔は薔薇《ロゼ》色に輝きます。「くだらないこと」とそっぽを向いておりますのは、ナディーヌでございます。

「お家柄とおっしゃいますと、どのような?」

身を乗り出すようにして、アンリエット叔母様は尋ねました。

ナプキンの端で唇を拭われた中尉は、「ただの時計職人です」と、平気でおっしゃいました。

アンリエット叔母様とシャルロットはポカンとして、ムッシュー・ボナストリューは声高く笑いました――「これはいい」と。

ショーマレー中尉のご先祖は、大革命以前には爵位をお持ちのお方でした。それが、大革命でルイ十六世のご一家が処刑の非運に遭《あ》われるご時世には、国外に亡命をなさいまして、身すぎ世すぎのために時計職人の真似事をなさったこともあるというだけのことなのでございます。

時は流れます。異国《とつくに》で亡命貴族の悲哀をなめられたご先祖も、ナポレオン殿下の失脚に伴う王政復古でお国へ戻られ、見事にその地位にふさわしい返り咲きをなさいました。ショーマレー中尉の曾祖父に当たられるご先祖は、そうして王政復古後のフランス海軍で司令官の地位にお就きになられた方なのでございます。

エミールは申します。

「叔母様は、ルーヴル宮にあるジェリコー画伯の『メデュウズ号の筏《いかだ》』をご存じでしょう？　あれが、ショーマレー中尉のお家ですよ」

一瞬なんのことやら分からずにおりました叔母様の顔が、やがては不思議な光栄で輝き始めました。

「あれは、ルイ十八世の御代《みよ》のことだ。フランス海軍史上最大の海難事故と言ってもいい。アフリカのセネガルへ向かう植民地総督の一行を乗せた船が、座礁をしてしまった。ジェリコー画伯にあの素晴らしい絵画《タブロー》を描かせることになった、メデュウズ号の司令官をなさっていたのが、このショーマレー中尉の曾祖父に当たられる方なのだよ」

シャルロットにもアンリエット叔母様にも、そしてナディーヌにも、ルーヴル宮の第三室にございます、天井に届くほどの大絵画《グラン・タブロー》が思い出されました。

暗鬱《あんうつ》な海と空とがございます。恐ろしいばかりに暗い海の上で、すんでに命を落とそうとする男達が、救いの船に向かい手を振っております。空は今にも崩れ落ちそうに、波は、漂う筏を海中にさらい込もうといたします。百年ほど前の人の世に訪れた、暗い神話のような光景――それがシャルロットやアンリエット叔母様やナディーヌの胸に甦《よみがえ》ったのでございます。

ナディーヌは、その暗さに顔をしかめました。アンリエット叔母様は、まるでご自分がルーヴル宮とご縁続きにでもなったかのように、光栄でその頰を輝かせました。そしてシャルロットは、その刹《せつ》那《な》、まるで自分が暗い海の潮《うしお》に誘《いざな》われるほどの危《あや》うさを感じながら、「その人がなぜここに?」と思いました。

もちろん、そこにおりましたのは、王政復古の時代に帆船《ほぶね》の指揮をとっておりました人ではございません。黒の夜会服に身を包んだ、陽に灼けた若い陸軍中尉でございました。

「歴史の中に連なるようなご一族の方とお知り合いになるというのは、このようなことなのだろうか」

シャルロットは、ジェリコー画伯の描いた暗い海の上にさす神々しい光を思いました。まるで、黒の夜会服を着たその人が、神々しい光そのものであるかのような気がして。

神々しい光――それがシャルロットにとってどのようなものでありますのかは、まだ誰にも知りようのないことではございましたが。

第七章

マルメロをめぐるいささか難解な会話

「お酒は、なにになさいます？　生命の水《ブランデー》でよろしいかしら？」

お食事を終えてサロンに席を移しましてから、マダム・ボナストリューが申しました。「先程のワインがお口に合われましたのなら、そちらもございますけれど、もしおよろしければ、マルメロのお酒もございますの。いかが？」

「マルメロ酒ですか？」

マダム・ボナストリューの言葉に、ショーマレー中尉は珍しそうな顔をして振り向きました。

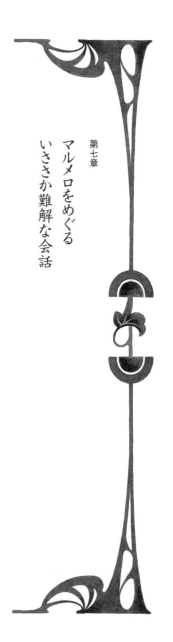

「ええ、実家《さと》の方から、いつも秋になりますとマルメロを送ってまいりますの。それでお酒に。別に珍しいものでもございませんけれど、よろしかったらいかがかと思いまして」

「それはよいところにお気づかれたわね」と、割って入りますのは、アンリエット叔母様でございます。

「中尉さん、一口お召し上がれ。大層によい香りがいたしますの。クリュノールのマルメロは、どこのものよりも匂いがよろしいの。甘い香りがうっとりとして、私などは子供の時分からいただいておりますのよ。そのおかげで、この通り――」

「いつまでもお若くていらっしゃる」

「その通り。中尉さんはお口がお上手でいらっしゃるのね」

「いや、事実をありのままに申し上げただけです。マダム、よろしかったら私にそのマルメロ酒を。先程の松露《トリュフ》ですっかり里心がついてしまった。フランスのものが一番だ。是非そのマルメロ酒をいただかせて下さい」

不意に吐かれた「マダム」という言葉が、ボナストリュー夫人の心を刺激いたしました。

「人妻《マダム》であることに変わりのない自分が、なぜ〝マダム〟の言葉にうろたえなければならないのか」

ボナストリュー夫人は、自身の自意識の過剰に頬を紅《あか》らめかけたのでございますが、そのマダムの前に妹のナディーヌの顔がございました。

「なにをつまらないことで騒いでいるの？」

そう言いたげなナディーヌは、姉の方にではなく、その後ろに立っておりました白髪の執事《しつじ》に申しました。

「ラウール、私にはコニャック」

そして、そのまま義兄の方を振り返りまして、「エミール、あなたはなにになさる？」と。

「私もコニャックをもらおうか」

「ラウール、私とムッシュー・ボナストリューにコニャックを」

ナディーヌの口のききようは、まるでその家を取り仕切ります女主人《おんなあるじ》のそれでございましたが、答えます執事の言葉は、ただ「はい《ウィ》、お嬢様《マドモアゼル》」でございました。

「ラウール、旦那様とナディーヌにコニャックを。それから、こちらのお客様と叔母様にはマルメロ酒を。私もお客様と同じものをいただくから」

執事のラウールは、「はい、奥様《ウィ　マダム》」と答えて部屋を出て行きました。

「やっぱり、あのオムレットが一番うまかったなァ」

サロンの安楽椅子にお座りのショーマレー中尉は、まるで子供のように両脚を投げ出すと、そのようにおっしゃいます。

「最後の鳩《はと》もよかったけれど、松露《トリユフ》入りのオムレットが一番だ。本当にフランスに帰って来たような気がしましたよ」

立ったままのマダム・ボナストリューは、一足ショーマレー中尉の方に近づきますと、困ったような表情を見せて、こう申しました。

「エミールが〝大切なお方〟だと申しますの。おもてなしにはなにをお出ししたらよろしいかと考えました。なにも存じません世間知らずでございますので、もう松露《トリユフ》もじきにしまいになる季節でございますから、異国《とつくに》からお帰りのお方にはお懐かしかろうと存じまして。外には色々と新しいお料理もございますでしょうが、私はなにも存じませんで、そうしたことには疎《うと》くございますので、ついつい昔ながらのオムレットを申しつけてしまいました」

「それが僕には嬉しかったんですよ。松露《トリユフ》は、懐かしいフランスの土の匂いがする。アフリカには決してない、豊かで馨《かぐわ》しい土の匂いです。それが豊かな卵の中からプーンと匂い立ってくる。まだ霜に覆われている黒い土の中に、あんなに素晴らしい春が埋もれているんだ。フランスは最高ですよ。春があり、夏があり、秋があり、冬がある。アフリカにはそんなものがなにもない。フランス万歳だな。あのオムレットは、マダムのお人柄そのものですよ」

「おほめにあずかりまして恐縮でございます。料理長《シェフ》も喜びましょう」

そして、ショーマレー中尉がなにかを言いかけました時、香ばしい葉巻をくゆらせておいでしたムッシュー・ボナストリューが、口を開きました。

「そんなに我が家の料理がお気に召したなら、これからも度々おいでになればいい。私は歓迎しますよ。我が家の一員になったおつもりでおいでになればいい。なにしろ我が家は女ばかりでね、時々私は話相手がほしくなる。ナディーヌ、中尉に葉巻をお勧めしたら？」

ナディーヌは「何事か？」と、義兄の指し示します葉巻の箱を見つめております。絹のタフタがさわと鳴って、ボナストリュー夫人は、「気がつきませんで」と、葉巻の入った黒檀《こくたん》の箱に手を伸ばそうといたしましたが、エミールは目配せをいたしました。そして、「ナディーヌ」と。

ナディーヌは立って、ショーマレー中尉の許《もと》へまいりました。ボナストリュー夫人は、「そうだ、この人はナディーヌの婚約者となるべき人なのだ」と思い、進み出た衣装《ローブ》の裾《すそ》を軽く後ろへ引きました。

執事のラウールが、銀のお盆に広口の硝子瓶《ガラスびん》を載せてやってまいります。美しいクリスタルのグラスにマルメロ酒を注いで、それをボナストリュー夫人が、「こちらは私がお給仕をいたしましょう」と。

シャンデリアの明かりを受けて、精緻《せいち》なカットグラスは美しく輝きます。その中に入った薄い琥珀《こはく》の色をした液体からは、春の盛りの花々のような円《まろ》やかに甘い匂いが立ち上っておりました。

「香りをお楽しみ遊ばせ」

ボナストリュー夫人は、そう言ってグラスを若い中尉のお手に。そして、「叔母様も――」と。

「ありがとう」とグラスを手にしたアンリエット叔母様は、軽く目を閉じて、そのマルメロの実の匂いが沁《し》み通ったリキュールに鼻を寄せました。

「これは、去年の秋のものではないわね？」

「去年のものはまだ新しゅうございますから、一昨年《おととし》のものを」

「なんとよい香りなのかしら。クリュノールにおりました頃はね、毎年秋になるのが楽しみで。朝霧がひんやりとする時期になりますと、このマルメロの実が、まるで光り輝くように色づいて、マルメロの林は、一帯がうっとりとするような香りに包まれますの。パリではとても味わえないわ」

アンリエット叔母様の言葉が、秋の小鳥のさえずりにでも思えるのでしょうか、ショーマレー中尉もまた、黙ってマルメロのお酒の香りを楽しんでおいでででした。

「マルメロの実からは天使の匂いがするのだと思いますの。だってマルメロの実は、白い天使の産毛《うぶげ》に包まれているようじゃございませんの。柔らかい綿毛に包まれたマルメロの実を手に持ちましてね、真新しいリネンで拭き取りますの。白い綿毛が取れて、中から艶々《つやつや》したマルメロの黄色い肌が現れますの。なんという幸福な瞬間なんでしょう。固い艶やかな面《おもて》が、宝玉《ほうぎょく》のように輝いて——」

うっとりとしたアンリエット叔母様の声に水をさしますように、ナディーヌは申しました。

「マルメロを食べたこと、おありになって？」

ショーマレー中尉は、ナディーヌの方を振り返りました。

「マルメロをね、輪切りにしますの。艶々と輝いて熟れているようなマルメロの切り口は、真っ白なの。固くてね。それをそのまま口に入れると、渋いの。匂いだけ。甘くて美しくてやさしいのは匂いだけ。お砂糖と一緒に煮こんで、マルメロジャム《マルムラード》。田舎の人は平気で食べるわ——匂いに騙《だま》されてね。あんなもののどこがおいしいのかしら。渋いだけ。固くて。熟れた盛りの果物があんなに渋くて固いなんて、なんだかとても可哀想」

葉巻の箱を手にしてショーマレー中尉のかたわらに立っておりましたナディーヌの視線は、不思議なことに、姉のシャルロットに真っ直ぐ向けられておりました。

「梨のような形をして、でもマルメロは、梨のように甘くはないの。柔らかくもないの。ただ白くて固くて、リキュールの中に漬けられて、そのまま一生を終わるの」

「酒の中で一生を終わる人生なんて、悪くないな」

ひとりごとのようにお口にされたのは、ショーマレー中尉でございます。その菫《すみれ》色の瞳はいたずらっぽく、ナディーヌの方に向けられておりました。

「なんて失礼な人かしら！」

若いナディーヌは口を引き結んで怒りに震えておりましたが、大笑いをしておりましたのはエミールです。

「酒のある人生に乾杯」

笑いながら、エミールは申します。

「乾杯」と、ショーマレー中尉も声を合わせます。

「私はマルメロなんか大嫌い！」

「そんなことをお言いでないよ」

若いナディーヌを諭《さと》しますのは、アンリエット叔母様の役目でございますが、ナディーヌは聞く耳を持ちませんでした。

「私はマルメロなんか、大ッ嫌い！　一生リキュールの中で暮らすんだわ！　味もなんにもなくて、ただ固いままのマルメロが、リキュールの中で飴《あめ》色になって、そうして萎《しお》れていくんだわ。マルメロなんか大ッ嫌い！　マルメロのどこがいいのかしら」

それを不思議と訝《いぶか》しがるのは、姉のシャルロットでございました。マルメロを「嫌い」と言う妹の視線が、不思議と我が身に突き刺さるのでございます。

「この人は、私のなにが気に入らないのだろう？　お酒の中のマルメロとこの私が、一体どうして結びつくのだろう？　この人がマルメロを〝嫌い〟ということと、この私とは、どこかで結びつくのだろうか？」

　マダム・ボナストリューはそのように考えましたが、訳は分かりません。ただ、妹のナディーヌがなにかに当てて言っていることだけは、確かなように思われたのでございます。

「マダム、お替わりをお願いします」

　ショーマレー中尉がおっしゃいました。

「気がつきませんで」と申しまして、ボナストリュー夫人は、執事のラゥールを呼びました。

　ふくよかに匂い立つマルメロのお酒を口に含んだショーマレー中尉は、再び口を開きます。

「察するところ、マドモアゼル・ナディーヌは、結婚がお嫌い――ということですか？　一生をリキュールの瓶の中で暮らすのはおいやだ、と」

　ショーマレー中尉を見て、そしてそのまま視線を姉のシャルロットにひたと向けて、ナディーヌは申しました。

「そうよ《ウィ》！」

　シャルロットには、その「そうよ《ウィ》！」が「違うわ《ノン》！」と聞こえました。しかし、ショーマレー中尉は、些細なことにこだわるようなお方ではございませんでした。ショーマレー中尉は、すました顔でおっしゃいます。

「それなら、僕とは気が合う」

　驚いたのはナディーヌです。

「いや、僕も結婚は嫌いでね」

エミールは、またしても大笑いをいたしました。

「いやァ、これはこれは。中尉とナディーヌはお似合いの二人ということだ」と、嬉しそうに続けます。

アンリエット叔母様はあきれたようにエミールを振り返りますが、「〝お似合い〟と言うのなら、もっと違う言い方があるだろうに」と思う叔母様のお口は、あんぐりと開いておりました。

それに対してシャルロットは、「どのように収めたものだろうか」との思案をしなければなりません。「この人《ナディーヌ》は、私の生き方を嫌っているのだろうか？　〝結婚がいやだ〟というのは、私の生き方を見てのことなのだろうか？」

そう思いますシャルロットにも、ナディーヌの見せます様子は分かりかねるものでございました。「中尉とナディーヌはお似合いの二人」と言われた時、ナディーヌの顔は青ざめました。うつむいて、ようやく顔を上げたナディーヌの表情に宿っていたものは、「深い悲しみ」でございました。

「自分の妹は、なぜそんな表情を見せるのだろう？」

シャルロットには、それが分かりませんでした。分かりそうで、なにかそこには分かることを拒むものがあって――。

「中尉とナディーヌはお似合いだ」と言われて、シャルロットは、自分もまた傷ついているのだということを知らなかったのでございます。

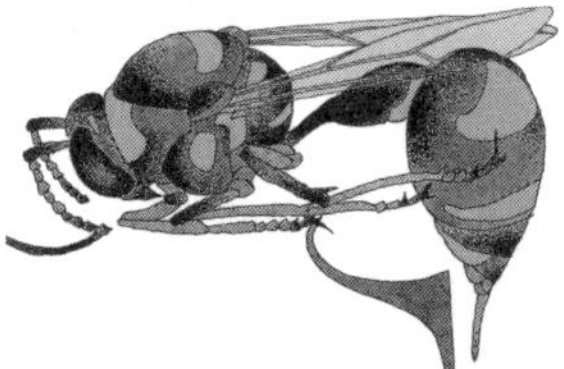

第八章

夏の花、そして聖十字架の記念日

その夜遅く、ブーローニュの森のはずれにございますお屋敷の奥では、ひそやかな物音がございました。

「ナディーヌ……」

戸を叩く小さな音に続いて、低い男の声がささやきます。

「ナディーヌ……」

男は戸を叩き、そしてまたささやきました。内の様子を知ろうとした男が戸に耳を押し当てようといたしました時、その戸が内側から引き開けられました。

「来なかったら、殺してやろうと思っていた」

色を失ったナディーヌの顔が、そこにございました。

内にはランプの明かりがただ一つ。女が息を殺して男を待っておりましたことがありありと分かるような、薄暗さでございました。男はなにも申しません。女も、男に背を向けて立ったまま、なにも口にすることは出来ませんでした。

　男は黙って立っております。女は後ろを振り向きました。男の狡《ずる》い計算でございます。気の昂《たか》ぶった女が、内に抱え込んだ沈黙の重さに堪《た》えられるはずはないということを、男はよく承知しておりました。

「今日のことは一体なんなの？」

　人に悟られまいとして、女は声を殺して叫びました。

「なんなのとは、なんのことだい？」

　手負いの獣《けもの》を見守るように、男は距離を置いたまま素気《すげ》なく答えます。

「一体あの男はなに？　私とあの男をどうしようと考えているの！」

　男は、なにも申しません。病者の容態を看《み》る医師のように、寝間着《ねまき》姿の女の体をじっと見つめておりました。

　磨《す》りガラスを透かすランプの光は、女の体をジリジリと焦がすように燃えております。幾重にも重ねられた薄い絹の向こうで、若い女の柔らかな肌がしっとりと息づいているのが、男にはよく分かりました。その肌を何度も貪《むさぼ》りました男でございますから。

「どうもしないさ」男が申します。

「嘘！」

　女はそして、身動きをいたしません。果たして女は、自身の沈黙に堪えられるのでしょうか？

　硬い氷の柱のようだった女の体が、男の方へ一歩二歩と近づきました。傷ついた獣は、救いの手を猟人《かりゆうど》に求めたのでございます。

　男は、ほんの僅かに肩をそびやかします。それきりなにも申しません。ですが、男の答を求めます女にとって、それは十分に雄弁な答でございました。

女は、恐ろしい疑いを口にいたします。

「私に、飽きたの？」

「まさか」

それを申します男の目は、笑っております。女の足許《あしもと》から、眩暈《めまい》の渦がゆるりと立ち上ってまいります。

「私がばかなのか、彼が嘘つきなのか……」

答は、ゆるゆると立ち上る眩暈ばかり。女は、我が身を守ろうといたしました。

「なんで私に、こんな残酷なことを考えさせるのだろう」

それを思えば怒りが湧《わ》きます。湧いた怒りを投げ捨てたくて、女は視線を落とし、吐き捨てるようにして申しました。

「今日の叔母様の目！　私とあの男を、まるで番《つが》いの山羊のように眺めていたわ」

男にとって、女の沈黙よりたやすいものは、無意味な女の饒舌《じょうぜつ》でございます。男は申しました。

「お似合いだっていうことなんだろう。君だって若い、彼だって若い。それだけのことさ」

女はグイと進み出ます。

「嘘！　あなたはどう思うの？　あなたも、私とあの男が似合いだと思うの？」

女の手は男の胸をつかみかかるばかりになって、でも、男の手は白い女の手を取ろうとはいたしませんでした。

男は挑むように、口許に残忍な笑みを浮かべます。そして、白い女の手をゆっくりと取りました。

「お似合いかどうかは、はたがとやかく言うことじゃない。そうだろう？　問題は、当人の意志だ」

手を取られた女は、唇までも取られまいとして、男から目をそらせます。

「私があの男を好きになるとでも言うの？」

男が奪ったのは唇ではなく、耳でございました。

男はそっと囁《ささや》きます。

「そんなことは分からない。君の気持ちも分からないし、また、ショーマレー中尉が君を好きになるかどうかも分からない」

女は身を離しました。

「あんな男！」

ですが、女の手首ばかりは、男の掌《て》の内にしっかりとございました。

男は女を見つめます。男から視線を注ぎ込まれて、ナディーヌははっと身を硬くいたしました。目の前にいるムッシュー・ボナストリューは、「君に、あの男を惹《ひ》きつける魅力があるかどうかは分からない」と仰言《おっしゃ》るのでございます。

男につかまれた指先が、かすかに震え始めます。

「なァ、ナナ」

男は、わがままな子供をあやすようにして申しました。

「人間は、遅かれ早かれ結婚するんだ。結婚をして、別に自由がなくなるわけじゃない。するものはする。ことに女は、若い方がいい。若ければ若いほど、アヴァンチュールの機会にも恵まれるわけだしね」

「愛情のない男と結婚をしろと言うの？」

「なァ、ナナ、結婚は愛情じゃないんだ。結婚というのは、するもので、続けるものなんだ。するも続けるも、当人の意志なんだ。なまじつまらない波風を立てて、まわりの人間をハラハラさせない方がいい。どうせするんだったら、まわりの人間が〝お似合いだ〟という相手としておいた方が、後が楽だということだよ。そうだろう、ナナ？」

女は男に背を向けました。その羞《は》じらいが、十分に男を楽しませます。

「私を、街の女みたいに呼ばないで！」

「おやおや。ついこないだまでは、耳許で〝ナナ〟と呼ばれるだけで身をくねらせていたじゃないか」

「いやらしいことを言わないで。獣《けだもの》！」

「〝この世で一番美しい獣になりたい〟と言っていたのは誰なんだい？　君もずいぶん度胸《どきょう》がないんだな」

女はうつむいて、「それ
ばかりは言いたくない」と思う言葉を、さらに再び吐き出しました。

「もう、私に、飽きたの？」

「そんな風に思っているのか？」

男の手が、柔らかい女の絹の寝間着の肩にかかります。

「今夜はただ、一言二言、女の気を慰めるばかり」と思って戸を叩きました男にとっての仕事は、大層楽なものになり果てました。

「絶対に来る。来ても絶対に抱かれない」と思っていた女も、抱かれぬままに騙《だま》されていることのつらさを、思い知り始めました。

「なァ、ナナ、お前はそんな風に考えるのか？　なにも一々そう面倒に考える必要はないじゃないか」

男の肘《ひじ》が女の二の腕にさわり、女の柔らかい脇腹に、男の左の指が当てられておりました。「早く、言葉の出る口というものをふさいでもらいたい」――若い女の思いますことは、ただそればかりでございました。

それ以来、ショーマレー中尉はブーローニュの森のほとりにございますお屋敷へ、しばしば足を運ばれるようになりました。初めの内は間を置かれて、やがては足繁く。

四月も終わり、夏の始まります五月の初めのことでございました——。


朝の光が緑に透けて、キラキラと輝きます。午《ひる》を間近にした時刻には、輝くばかりの日の光が満ちて、目を開けられないほどでございました。

表の馬車回しには、自動車《ヴオワチユール》の音がいたします。義妹のナディーヌとショーマレー中尉を縁づけようといたしますムッシュー・ボナストリューは、「我が家をお訪ねになるのならこれをお使いなさい。なにしろあなたはパリのゴム王の弟になるのかもしれない人だからね」とおっしゃって、かまびすしい近代の乗り物をお貸しになったのでございます。


「ショーマレー中尉のお越しだわ。ナディーヌはどこへ行ったのかしら？」

お屋敷の女達は、そのかまびすしい内燃機関《モトウール》の音が告げますことを、もう十分に承知しておりました。

「ナディーヌは？」

アンリエット叔母様のお尋ねをうけて、マダム・ボナストリューは小間使《こまづか》いのポーレットに尋ねます。

「ピエールに馬車を仰《おお》せになって、町へお出掛けになりました」

天を仰《あお》ぎますのは、アンリエット叔母様でございます。

「なんということだろう、せっかくのお客様のお越しなのに、あの子は出歩いてばかりいる！　私の年の頃には、嫁入り前の娘が一人で出歩くなんて、考えられないことだった！」

それでシャルロットは鉾先《ほこさき》を変えました。

「アンヌはどうしたのかしら？」

「乳母のマリーが連れて、お庭の方へ」

小間使いのポーレットが答えます言葉に、悲鳴のような声をあげましたのは、やはりアンリエット叔母様でございました。

「こんな陽《ひ》の強い時にアンヌを表へ出すなんて、一体あの乳母はなにを考えているの！　歩き始めたばかりのアンヌがお庭へ出てなにをしでかすか分からない。行って連れておいで」

小間使いのポーレットは、マダム・ボナストリューのお言葉を待っております。そこのところへ、執事《しつじ》のラウールがまいりました。

「ショーマレー中尉のお越しでございます」「こちらへお通しを」と、ボナストリュー夫人。

「かしこまりました」と、ラウールが一礼をいたします。女主人は、「アンヌを見てまいりましょう」と言って、うっかりと裾《すそ》を翻《ひるがえ》しそうになりました。

アンリエット叔母様は、目を剝《む》きます。

「あなたはなにを言っているの？　せっかくのお客様が見えて、ナディーヌはいない。あなたがお相手をしなければならないでしょう。ポーレット、お庭へ行ってマリーを連れておいで。アンヌを陽に当てて、そばかすでも出たりしたら大変だ」

「はい《ウィ》、奥様《マダム》」と言いたいポーレットは、お屋敷の中では一番のお年嵩《としかさ》であるアンリエット叔母様に向かって、「はい《ウイ》、お嬢様《マドモアゼル》」と一礼いたしました。

ポーレットは、まぶしいばかりのガラス戸の向こうへ進んでまいります。

「本当にあなたは、私一人に中尉さんのお相手をさせようだなんて、なにを考えているのかしら」

五十歳を過ぎた未婚のマドモアゼルは、まるでお年頃のお嬢様《マドモアゼル》のように、頬を紅らめてつぶやきました。

大きなガラス窓から差し込みます五月の光は、金色の髪を美しく撫でつけた人の姿を照らし出します。フィリップ・ショーマレー中尉の姿が、広間へと現れました。

「私は、どうしてこの場をはずそうとしたのだろうか?」

シャルロットは我が胸に問います。けれど、その答というものは、日盛りの夏の庭の残像のように、ふっつりと消えてしまいました。

「ようこそ」

シャルロットは申します。

「近くまでまいりましたので」と、ショーマレー中尉は手を差し出しました。

シャルロットは気づかぬように、女《おんな》主人《あるじ》らしく、ただ直《す》ぐに立っております。

「叔母様――」

ショーマレー中尉は、シャルロットの陰に隠れるようにして立っておりましたアンリエット叔母様の手を取ると、すかさずその甲に接吻をいたしました。

叔母様は頬を染めて、「まァ、本当に中尉様は――、いつも、お若くてお美しくていらして」と。

「もちろん、叔母様も」と、美しい菫《すみれ》色の瞳を輝かせたショーマレー中尉は、微笑《ほほえ》みかけます。

「あいにく、ナディーヌは外出しておりまして」

女主人のシャルロットは、まるで汚いものを撥ねつけるようにして申しました。

ショーマレー中尉は振り返って、「そうですか、それは残念な」と。

残念そうなのはアンリエット叔母様の顔だけで、陽に灼けた中尉の瞳の中に失望の色はございません。

シャルロットは、我知らずの残忍さがその声にこもっていることも知らずに申しました。

「なんですかこの頃は、出歩いてばかり。躾《しつけ》というものがなっておりませんようで、恥ずかしゅうございますわ」

「舞台のお仕事もおありになるから、それでお忙しいのだろう」

「仕事などと申しましても、口先ばかりでございますよ。若い娘がお恥ずかしい、〝仕事、仕事〟と、まるで貧民街の娘のように申しますの。若い娘に大切なことは、確かなところへ身を落ち着けることなのでございますのにねェ」

そのアンリエット叔母様の申し様《よう》を、シャルロットは媚《こ》びのすぎたいやらしいものとも思いましたが、ショーマレー中尉のお答は、また違ったものでございました。

「果たして私が、〝確かな人間〟かどうかは分かりませんが――。ところでアンヌは？　私はなんだか、あの愛らしいお嬢ちゃんにお目にかかるのが楽しみで、このお屋敷へお邪魔しているような気になった。アンヌはどうしています？」

「そうそう、今の今までそのことですよ」と、アンリエット叔母様。

「見てまいりましょう。こちらへどうぞ」

ボナストリュー夫人は、背の高いお客様を庭の見えるサロンへとご案内いたしました。

「マリーはどこへ行ったのかしら？」

ボナストリュー夫人は、まぶしい庭の緑に目を向けます。一歳を過ぎて立ち歩きを始めましたばかりのアンヌと、その乳母のマリー。それを呼びに行ったはずのポーレットを探しました。

まぶしい五月の陽を受けて、薄い水色のお仕着せ《しき》が光りました。ポーレットでございます。

「奥様、奥様、これをご覧になって」

サロンの横のガラス戸を開け入ってまいりましたポーレットの手には、美しい緑の葉に白い可憐な花をつけました鈴蘭《すずらん》が――。

「アンヌ様がお庭で見つけましたの。聖なる十字架の記念日に、お小さいお嬢様が、初めての鈴蘭の花をお庭で発見なさったんでございますよ」

その日は五月三日――エルサレムへ巡礼におもむかれたコンスタンティヌス大帝の母君である聖女ヘレナが、キリストの掛けられた十字架を土の中から探し出しました、聖なる十字架の記念日でございました――。

第九章
聖母マリアの月《ムワ・ド・マリー》

乳母《うば》のマリーも、小間使《こまづか》いのポーレットも、どちらもいささか落ち着かないところのございます、今風の都会育ちの女達でございました。ですけれども、まだ「戦後派《アプレ・ゲール》」などという言葉のございません古き佳《よ》き時代のことでございます。若い都会育ちの女達と申しましても、まだまだ十分に敬虔《けいけん》で信心深くございました。それでなければ、やっと立ち歩きを始めましたばかりのアンヌが見つけました鈴蘭《すずらん》の花を、聖女ヘレナや聖十字架の記念日と結びつけることもございませんでしたでしょう。

時は五月でございました。始まりましたばかりの五月という月が、若い女達の胸に特別なものをもたらしたのかもしれません。

今ではそのように申しますことも少なくなりましたが、昔は五月を「聖母マリアの月《ムワ・ド・マリー》」と申しました。「性悪女《しょうわるおんな》は五月に嫁に行く」などということわざを、まだご記憶の方はおいでかもしれません。純潔と貞淑を貴《たっと》びます聖母マリアの月——五月に婚姻は忌《い》み事《ごと》のように思われてもおりました。

幸福な恋と出会いたいのなら、この月には身を引き締めていなければならない。若い娘達にとって、恋の訪れる五月はまた、敬虔な祈りの声に耳を傾けなければならない月でもございました。

乳母のマリーは、まだまだ若い女でございました。父《てて》なし子を生んだお針子《はりこ》のマリーは、生まれた子供を里子に出し、ボナストリュー家の乳母になりました。幼な子を抱え慈《いつく》しみながら、それでも乳母のマリーは、まだまだ若い女でございました。幸福な恋に出逢いたい。幸福な恋に出逢って、人に預けた幼な子を引き取り、夫と子供のいる家庭で幸福な人生を歩みたい——そう思う点で、乳母のマリーは、十分に若い女でございました。そのマリーよりもずっと年下の、パリの下町に生まれ育ちました年若いポーレットが、思わず頬を染めるような恋に出逢いたいと思いますことは、これまた当然のことでございましょう。

長く厳しい冬は遠くに去り、目をくらませるような眩《まぶ》しい光と、美しい緑がございました。新しい花々は一斉に咲き匂い、柔らかい風になぶられながら、人の心を外へ外へと誘《いざな》います。風に誘われ光に導かれ、女達は心の戒《いまし》めをわずかずつ解き放ち、そして、美しい敬虔と貞淑に、そっと身を寄せるのでございます。

そんな匂いやかな五月も、遠い昔にはございました。女達の裳裾《もすそ》を鳴らす五月の風は、ともすれば危《あや》うい方へ傾こうとする淫事心《いたずら》と、そうはさせじと踏み止まった操《みさお》の心が入り混じります、大層になまめかしいものでもございました。

夏のお仕着《しき》せ姿のポーレットの手には、白い鈴蘭の花がございました。幼いアンヌを抱えてその後にやってまいりますマリーの頬は、五月の陽《ひ》の光で美しく上気しておりました。庭の緑の中から幼いアンヌの見つけました可憐な白い花は、若い二人の女達にとりまして、幸福な恋の啓示《けいじ》のようなものであったのやもしれません。

使用人のすることに対しましては、なににつけても口を挟まずにはいられない性分のアンリエット叔母様が、格別にお叱言《こごと》らしいことを申しませんでしたのも、五月という月のなせるわざでございましょう。

ポーレットの手の中にある白い花を見て、乳母のマリーに抱えられた幼いアンヌの姿を見て、アンリエット叔母様は相好《そうごう》を崩しました。今少し前まで、「陽に当ててそばかすでも出たら大変」などと騒ぎ立てておりましたのが、嘘のようでございます。

「まァまァ、アンヌ、お手柄だったこと。今年の五月の女王《ベル・ド・メ》はあなたのものですよ」などとはしゃいで、アンリエット叔母様はアンヌを抱き取りました。お叱言の役は、ボナストリュー夫人のものでございました。

「マリー、鈴蘭の根には毒があるの。大人には薬になっても、小さな子には危険でしょう。気をつけてもらわないと」

「はい《ウィ》、奥様《マダム》。それは私もよく承知しております。アンヌには手を触れさせませんでした。アンヌが嬉しそうに声を出しますものですから、何かしらと思いまして、私が摘み取りました。アンヌは、鈴蘭に手を触れてもおりませんわ」

「それならよかったこと」

怒るつもりのないシャルロットはそのように申しましたが、かたわらにおりました小間使いのポーレットは、「黙っていて、自分もお目玉の関わりあいになりたくない」と思いましたのでしょう。「奥様《マダム》」と申しまして、手にしておりました小さな鈴蘭の花束を、女主人《おんなあるじ》に差し出しました。

豊かな香りがいたします。白い花と緑の葉の、それぞれに瑞々《みずみず》しい香りがいたしました。その細い茎には、それを握りしめておりました年若い小間使いの手の温《ぬく》もりも残っておりました。細い鈴蘭の茎に残る若い娘の手の温もり――マダム・ボナストリューと呼ばれるようになったシャルロットにとって、それは突然に湧き出した泉のような懐かしさを伝えるものでもございました。

幼いアンヌを中にして、アンリエット叔母様と乳母達の楽しそうなはしゃぎ声がございます。少し距離を置いて、その光景に目を細めるショーマレー中尉のお姿もございました。鈴蘭の茎に残る温もりはいつか自分自身のものとなって、まだ若いシャルロットは、問わず語りの口を開きました――。

「主人《エミール》は庭に立派な温室《セール》を造りました。冬のさなかにも白いオレンジの花が咲きます。他では見られないような花も、強い緑の色も、温室にはございます。ですけれども私は、遠い南国の花よりも、こうして季節に合わせて顔を出す、やさしい野の花の方が好きでございますわ」

マダム・ボナストリューの視線は、菫《すみれ》色をした若い中尉の方にではなく、揺すれば可憐な音を立ててしまいそうな白い鈴蘭の花の上に向けられておりました。

「私の田舎では、五月が近づくと、人々が騒ぎ始めます。若い男達は森へ行って、豊かな樅《もみ》の木《き》を伐り出し、村の広場に〝五月の木《アルブル・ド・メ》〟を立てます。明日は五月の一日を迎えようというその夜には、村の若い娘達の家の前に、若者達が自分の手柄を見せようとして、森から伐り出した木を立てますの。それが、若い娘への求婚のしるしでございます。

娘達は前の晩からそわそわして、意中の娘達の前で、若者達は妙によそよそしくなります。私の父は領主の家筋を誇っておりましたので、私がそうした村の祭に親しく近づくことを、喜びはいたしませんでした。けれども、新しい五月を迎える村人達の声は、自然と私達の耳にも入ってまいりました。

村の若い娘達は集まって、仲間達の中から〝五月の女王《ベル・ド・メ》〟を選び出します。美しい野の花で飾り立てられた〝五月の女王〟を中心にして、若い娘達は聖母マリアの祭壇を作り、母なる聖処女を称《たた》える歌を唄いながら、村中の家々を回りますの。なにがしかの喜捨《きしゃ》を求めて。

村の人達からいただいた蜂蜜《はちみつ》や小麦粉を使って、娘達はささやかなお菓子を作ります。パリにはいくらでも手の込んだお菓子はございましょう。それに比べれば、〝お菓子《ガトー》〟という言葉が羞《は》じらうほどの、倹《つま》しいものでございます。でも、とてもおいしかった。口の中でただボロボロと砕けてしまうほどのものが、とても、懐かしく思い出されます。

私が十五の年でした。たいそうに仲のよかった乳母の娘に誘われて、その日、村へと出掛けて行きました。父には内緒でございました。母にも――。

あるいは、示し合わせでも出来ていたのでしょうか。乳母の娘に連れられて村へ行った私は、たちまち村の少女達に取り囲まれてしまいました。リラや水仙やさんざしや鈴蘭の花に飾られて、〝今年の五月の女王はマルヴジョルのお嬢様だ！〟という声に囲まれて、私は村の娘達と一緒に歌を唄いながら、村の家々を一軒ずつ回りました。〝まァ、お嬢様！〟という声もございました。ただ一度限りのことでございますけれども、あんなに楽しい時はございませんでした。家の者達は、そのことを知って大騒ぎをいたしましたけれども。

私は、陽気な五月を知っております。物静かな五月の祈りも知っております。五月三日の聖十字架の記念日には、遠いエルサレムの地で主イエスの十字架を発見された聖女ヘレナを偲《しの》び、村のあちこちに小さな十字架を立てます。道の辻に、畑の畦道《あぜみち》に、まだ青い色を宿す麦の葉が揺れております畑の畝《うね》に。細いさんざしの枝を切って、十字に作ります。野の花を摘んで、その小さな十字架を飾り、一つ一つを大地の上に立ててゆきます。私は、今の小さな鈴蘭の花束を手にして、そのことを思い出しました」

指先で細い鈴蘭の茎をなぞりながら、マダム・ボナストリューの目は、目の前の菫色の瞳に向けられておりましたが、マダム・ボナストリューの見ておりましたものは、もっともっと遠い風景でございました。

それは、霞《かす》むように流れる白い雲を浮かべた青い空。神々しい鐘の音を響かせる、村はずれの教会の古い尖塔。豊かな緑を暗く眠らせたまま静かに横たわる、まだ白い雪をいただいた遠くの山並み。ようやくに昇り始めた日輪よりも高く舞い上がる、雲雀《ひばり》のたおやかな姿──そのようなものでございました。

「聖なる十字架の記念日が過ぎて、月曜日がやってまいります。その日から三日の間打ち続く豊穣祈願《ロガシ》の行列《オン》の始まりでございます。ショーマレー中尉は、パリのお育ちとうけたまわりましたので、こんな田舎の古い習わしはご存じではないかもしれませんけれども、私には、たいそうに懐かしくございますの」

いつかボナストリュー夫人のそばには、アンリエット叔母様も腰を下ろして、懐かしい故郷の祭の話に耳を傾けておりました。

「その日の朝には、どの日とも違うようなおごそかな音色の鐘が鳴り渡って、村の大地はその音に平伏《ひれふ》すように、どこまでもおとなしく静まり返ります。空は青く、どこまでも青く、祈りを捧げる人々の姿を遠く見遥《みはる》かすように、高《たこ》うございました。日の光は、まだ梢《こずえ》の下の緑の茂みにまでは届かず、晩《おそ》い霜となることをまぬがれました白い朝霧が、その日の静けさと輝かしさを語り合っておりますようでございました。そんな朝もございました。

開かれた教会の扉の中からは、大いなる十字架をかかげた行列が静かに歩み出てまいります。晴れの儀式のために着飾った人達、聖人達の姿を繍《ぬ》い取ったきらびやかな幡《はた》。低い祈りの声の中心には、豪華な天蓋《てんがい》で守られた教区の司祭様のお姿がございました。

主《しゅ》の力を称え、豊かなる天の祝福を願う祈りの声だけが、青い五月の空の下に聞こえます。〝晩い霜をまぬがれることが出来ますように、大地の恵みが豊かでありますように〟と。

行列の後に続く人々も多くございます。自分の畑に訪れた祈りの列を、ひざまずいて迎える人達も多うございます。私の父は、司祭様のすぐ後に続いて行列《ロガシオン》の中にございました。私達の一家も家を出て、その敬虔な祈りを捧げる人々の列を出迎えるのでございます。

五月の光は徐々に強くなって、ふと見渡すと白い野菊が、祈りを捧げる人々を仰《あお》ぎ見るように、金色の光の中で美しく輝いておりました。神の光を迎え込んだような金雀児《えにしだ》も、門柱を覆った、聖母マリアの頬のようにつややかな蔓薔薇《つるばら》も、すべてが敬虔な祈りの中にございました」

「そう、本当に懐かしい」と、シャルロットの声をアンリエット叔母様はさえぎりました。

「ねェ、中尉さん、お聞きになって。私はね、五月の行列《ロガシオン》というものは、どこの土地でもするものだと思っておりましたの。ところがどうでしょう。パリにまいりまして初めての五月でございますわ、シャンゼリゼの大通りを行列《ロガシオン》が通ると申しますの。五月の初めの日でございました。私はなにも疑わずに、シャルロットとナディーヌを連れてシャンゼリゼへまいりました。もちろん、豊穣祈願のお祈りを捧げるためでございますわ。ところがどうでしょう。パリの行列《ロガシオン》はどれだけ美しくどれだけ盛大かと思っておりましたの。ところが、どこにも司祭様の姿がございません。美しいどころか、貧しい人々の姿ばかりが多うございましてね、聖人の幡や十字架のかわりに、やたらと赤い旗ばかりがなびいておりますの。賛美歌などというものはまったく聞こえませんでね、〝国際的《アンテルナシヨナル》〟がどうこうという歌ばかりでございましょう。驚きましてよ」

ショーマレー中尉が申します。

「叔母様、それはメーデーというものですよ」

「そうなのですってね、私も後になって、それをエミールから聞きました。〝なにもボナストリューの一族が労働者のデモ行進に祈りの手を合わせに行く必要はない〟と、笑われましたわ」

ショーマレー中尉は、声を上げて笑いました。アンリエット叔母様も悔しそうに笑いましたので、シャルロットもその場の流れに従って笑いました。笑って、そして初めて、マダム・ボナストリューは、自分自身を訝《いぶか》しいと思いました。

「一体、私はなにを話そうとしていたのだろう?」

その答は、分かりませんでした。遠い日の思い出は、舞い上がる雲雀のように、どこかへ姿を隠してしまいました。

「一体、私はなにを話そうとしていたのだろう?」

そう思うマダム・ボナストリューの手の中には、瑞々しい緑の匂いを失いかけた鈴蘭の花束がございました。

握りしめられた手の中で熱を持ってしまった緑の茎。それが、遠い日の感触をマダム・ボナストリューに思い出させました。

遠い日、さんざしの枝と共にたばねられた鈴蘭の花。さんざしの枝を切って作られた小さな十字架に添えられた、美しい五月の野の花。聖なる十字架の記念日に立てられる小さな十字架を作るために、一人でこっそりと野の花を摘んでいた思い出。

ボナストリュー夫人となる以前のシャルロットは、いつの間にかそれを、一人でする少女になっておりました。乳母の娘に連れられて五月の女王に選ばれたその時。花に飾られて、村の娘達と共に聖母マリアを称える歌を唄いながら村の中を練り歩いていた頃。その軽はずみを父に咎《とが》められた思い出。

「一体なにが軽はずみなのだろう？」と、思い当たらぬ罪の意識を確かめていた頃。

「村のつまらない男に見初《みそ》められでもしたらどうする」と父に言われましても、ただ楽しかった記憶ばかりがございますシャルロットには、それがいけないことだとは思えないのでございました。

ですけれども、父は娘を咎めました。母は娘に顔をしかめました。その時以来シャルロットは、黙って一人で野の花を集めるようになりました。大実業家となって村へ戻ったムッシュー・ボナストリューが、シャルロットを妻にしたいと申し出ましたその年にも――。

「なにかを祈って、自分は自分の小さな十字架を地に立てていたのだ」と、ボナストリュー夫人は思いました。それまでには一度もそんな風に考えたこともないくせに。五月の祭の日々のことを、それまでに一度も思い出したことはないくせに。

「自分はなぜ、こんな話をショーマレー中尉の前でしようとしたのだろう？」

そう考えて、シャルロットにはその答が分かるような気がいたしました。

それは、分かってはいけない答で、考えてはいけない問いだったのでございます。

第十章

侯爵夫人からの招待状

美しい五月の風はパリの空を吹き抜けて、ブーローニュの森の緑を揺すります。若く鮮やかな五月の緑は風に翻《ひるがえ》って、ある時は軽やかに、またある時は苦しげに、梢《こずえ》の葉叢《はむら》を鳴らします。ざわざわと鳴る梢の緑。風に煽《あお》られる木の葉が、見せずともよい葉裏の白さを覗《のぞ》かせて、風はまた知らぬ顔をして通り過ぎて行きます。揺れて翻って、また素知らぬ顔をして豊かな緑を演じ続ける、森の木の葉。その一つ一つは、見せぬともよい素顔を時として覗かせてしまう、人の心と同じようなものなのかもしれません。

美しい聖母マリア《ムワ・ド・マリー》の月――五月も半ばを過ぎました。貞淑と美徳の時に人の心が飽きかけましたその頃、一通あるいは二通の手紙が、ボナストリュー家へ届けられたのでございます。

「貞潔《ていけつ》と美徳を統《す》べる聖母マリア《ムワ・ド・マリー》の月は、やがて去ろうとしています。六月は太陽の月《ムワ・ド・ソレイユ》。そして六月は、待たされた恋人達の結婚の月《ムワ・ド・マリアージュ》。聖母マリアの御手《おんて》の下で待ちぼうけを喰わされた恋人達に、夏至の太陽はなんともつれなかろうと思います私は、六月に新しい名を考えてやりたくなりました。

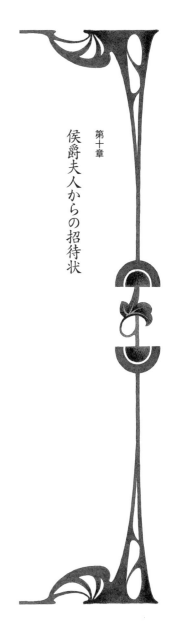

辿《たど》り着いた新床《にいどこ》に休らう二人に一番ふさわしいものは、熱く涼やかな夜。長からぬ夜の間に身を細らせる月《ラ・リユヌ》を称えて、六月はシェエラザードの月《ムワ・ド・シエエラザード》――私はそのようにいたしました。

貞淑の果てようとする五月末日の宵《みそか》の十時には、どうぞ、アラビアの後宮《ハレム》と変じました私の館《やかた》へ。

シェエラザードの夜を踊り明かすことにいたしましょう」

紙は、夜の深さを思わせる紺と紫の大理石《マルブル》模様。活字の色は、星の輝きをそのまま映す金。そこに、「ジュヌヴィエーヴ・ヴェルチュルーズ」という差出人の名がございます。それは、パリの社交界の女王として仰《あお》がれるヴェルチュルーズ侯爵夫人から送られた、仮装舞踏会の招待状でございました。

晩《おそ》い朝食が終わろうとする頃、執事のラゥールが、その朝に届けられた手紙を銀盆の上にのせて運んでまいりました。紙のように見える封筒は、白く艶《つや》やかな日本《ジャポン》の絹。その裏に押された封蠟《ふうろう》の紋章を見れば、開けずともそれがどこから送られて来たのかは、分かるようなものでございましたけれども、ラゥールの捧げますお盆の上には「御夫妻《ムッシユー・エ・マダム》」という名宛ての封筒の横に、もう一つ同じ筆跡で「ナディーヌ・マルヴジョル嬢」と書かれた名宛てのものもございました。

「私に？」

黙ってお盆を差し出しますラゥールに、少し驚いたナディーヌは尋ねました。ラゥールはなにも申しません。そのかわり、黙ってナディーヌを見つめるシャルロットの目がございました。

「お姉様、叔母様……」

ナディーヌの声は上ずっておりました。

「私によ！　私に！　ヴェルチュルーズ侯爵夫人が、私に仮装舞踏会の招待状を下さった！」

アンリエット叔母様は、「何事？」と、マダム・ボナストリューの方を振り向きますが、同じ招待状を手にした女主人《おんなあるじ》は、ただ黙ってうなずくばかりでございます。

「なんて素晴らしいの！　なんて！　お姉様は、オペラ座でロシアバレエ団の公演があるのをご存じ？　六月の四日、あのニジンスキーにまた会えるの！　演目《だしもの》をご存じ？　『シェエラザード』と『カルナヴァル』よ。あの、リムスキー・コルサコフの美しい曲に合わせて、私のニジンスキーが素晴らしいアラビアンナイトの世界を見せてくれるんだわ」

ナディーヌのはしゃぎ方がいささか分かりかねます叔母様は、そっとリネンの端で口をぬぐいながら尋ねます。

「その、ロシアのバレエ団と、侯爵夫人の舞踏会と、どう関係があるというの？」

「叔母様は遅れてらっしゃるから、なにもご存じないの。去年の夏、シャトレ劇場へ足を運ばなかった人にはなにも分からないの。あの色彩の素晴らしさ、あの音の美しさ、そしてああ、あの、ニジンスキー！　お姉様は〝なじみのないものはいやだ〟とお憤《むずか》りになって、私と一緒にお行きにはならなかった。私がお義兄《にい》様と一緒に行って、その素晴らしさを吹聴《ふいちょう》したものだから、重い腰を上げて、やっと叔母様と『レ・シルフィード』をご覧になりに行った。さぞかし美しかったことでしょう。白いチュチュを着た空気の精達が美しく物静かに踊る『レ・シルフィード』！　でも、私とお義兄様の見たものは違う。『イーゴリ公』のダッタン人の踊り！　濃厚な色彩の渦の中で、恐ろしいダッタン人が踊るの。恐ろしいはずのダッタン人が、まるで美しい獣のように舞い踊るの！　それを踊ったニジンスキー！　あの若く美しい獣のような踊り手《エトワール》に、パリ中が熱狂したわ」

「ニジンスキーなら私も知っていますよ。アンナ・パヴロワと、それはそれは見事に踊ったわ」

「叔母様の見たニジンスキーは、おとなしいサロン向けのニジンスキー。私の見たニジンスキーを見たら、未だに乙女《マドモアゼル》でおいでの叔母様は〝けがらわしい〟とおっしゃるに決まっているわ」

「ニジンスキーはよいけれど、ナディーヌ、それとこの招待状はどう関係があるの？」

シャルロットの言葉に、ナディーヌは身を乗り出しました。

「だから、なにもご存じないの！　パリ中が熱狂したあの公演を、よその嵐のようにお考えになるから、そんな的外《まとはず》れのことをおっしゃるの。ニジンスキーは神よ。ロシアバレエ団を主宰するムッシュー・セルゲイ・ディアギレフは、大いなる神よ。その公演が、またあの――今度は会場を、あのオペラ座に移して！　パリ中が興奮するのは当たり前でしょう？　だからこそこうして、社交界の女王であるヴェルチュルーズ侯爵夫人が、わざわざ〝シェエラザードの夜〟という仮装舞踏会をお開きになるんだわ。なにもかもが、あの美しく目のくらむ素晴らしいバレエ団のためよ！」

アンリエット叔母様は、なにか口を差し挟もうといたしました。ですが、ナディーヌはもう夢心地でございます。

「私のところにも招待状が来たのよ。パリの、演劇を志す人間なら誰もが憧《あこが》れるロシアバレエの、その初日よりも華やかな仮装舞踏会に、この私が招待される！　叔母様、やっと私は女優として認められたの。ご覧になって、この宛て名――ちゃんと〝ナディーヌ・マルヴジョル嬢〟と書いてあるわ。私の名前よ。わざわざ、私宛ての招待状が来たの」

シャルロットは、おだやかに申します。

「エミールの力添えがあってのことですよ。あなたが出演しているヴァリエテ座の新しい公演にも、エミールはだいぶ出資していると聞きましたよ。あなたは、ご自分の力だけで一人前と自惚《うぬぼ》れていらっしゃるようだけれども、エミールの引きがあってのことだということをわきまえていなければね」

アンリエット叔母様も、さこそとばかりにうなずきます。

でも、ナディーヌは引きません。

「それはよく知っていますわ。何事もお義兄様の引きがあってのこと。でも、それなら侯爵夫人は、どうしてわざわざこの私のために招待状を下さったのかしら？　パリのゴム王の引きを得ているだけの名もない女優に、侯爵夫人は、なぜこんな素晴らしい招待状を下さるの？」

「あなたが、エミールの義妹だからですよ。エミールの力はすごいものだと、私はその侯爵夫人からのお手紙を見て思ったもの」

ご自分にはご招待のないアンリエット叔母様は、ほんの少しばかり悔しそうでございますが、おとなしく引き下がるナディーヌでもございませんでした。

「そう、もちろんエミールのせい。エミールの力は偉大だわ。でも、お義兄様もお可哀想――」

「なぜ？」と、シャルロットが尋ねます。

「だって、お姉様はまたお憤《むずか》りになるんでしょう？　〝人の多いところはいや、華やいだところはいや〟――そうおっしゃって、今度もまた、せっかくの侯爵夫人のご招待をお断りになるんだわ。可哀想なエミール！　せっかく結婚しても、奥様は、いつもご病気のようにしてお屋敷に籠っていらっしゃるばかり。お供《エスコルト》はいつも私。世間の人の中には、私のことをボナストリュー夫人と思い込んでいる人だっているくらい。本当にお姉様は、自由でわがままで、いいご身分ね」

ナディーヌの目には、はっきりと挑むような色がございました。それを受けるボナストリュー夫人の胸には、なんとも言いようのない〝訝《いぶか》しさ〟がございました――「ナディーヌはなにを怒っているのだろう？」と。

ナディーヌは、その言葉を呑んだような姉の胸の中に、もう一歩踏み込むようにして申しました。

「でも、今度という今度はお義兄様もお気の毒。だって、私にもこうして招待状が来ているんですもの。いつもだったら、まるでお姉様のお古をいただくようにエミールのお供《エスコルト》で出掛けていた私も、もう一人前。私は私で、私のためのお供《エスコルト》を探さなければ――。そう、ショーマレー中尉にお願いすればいいの。お義兄様は、どうやら私とショーマレー中尉が結婚することをお望みみたいだから」

そして、ナディーヌの唇には、毒のある笑いがありありと浮かびました。

「お義兄様の結婚哲学ってご存じ？　私が、〝ショーマレー中尉なんか好きじゃない〟って言ったら、エミールはこう言ったのよ。〝ナディーヌ、結婚は愛情でするんじゃない。結婚とは、するもので、ただ続けるものなんだ〟って。お姉様達を見ていると、なるほど、結婚というのはそういうものかとも思うわね」

シャルロットの顔色がさっと青ざめました。

「ナナ、なんてことを言うの！」

アンリエット叔母様がたしなめました。

「私を〝街の女〟のように呼ばないでちょうだい。私はもうこの通り〝一人前の女〟として、侯爵夫人からのお招きを受けているんだから！」

ナディーヌは席を立ちました。そして、ひとりごとのように申しました。

「お義兄様は、この夜会に誰とおいでになるのかしら？　せっかくの侯爵夫人のご招待をお断りするわけにもいかないし」

挑むようなナディーヌの声に応えたのは、姉のシャルロットでございました。

「私が、まいりましょう」

目を丸くしているのは、アンリエット叔母様だけではございませんでした。目を丸くしたナディーヌは、嘲《あざけ》るように申しました。

「お姉様、仮装舞踏会よ。ご承知？　いつもいつもおとなしやかで後ろ向きの服ばかりお召しになっているお姉様が、一体なにをお召しになるの？　〝アラビアの夜〟に、黒い喪服でもお召しになってお出掛けになるの？　シェエラザードの夜に、もの堅いブルジョア婦人のお召し物は、さぞお似合いのことでしょうね。お義兄様も、きっとお喜びになるわ」

シャルロットは、負けておりませんでした。

「私も、シェエラザードのなんたるかは心得ております……」


ボナストリュー夫人は、黙って侯爵夫人から送られた招待状を見つめておりました。紺と紫に金色の星の誘《いざな》いを浮かべた大理石模様の紙を。

熱い絹の国。月さえも黄金《こがね》の短剣となって輝く危《あや》うい国。恋の炎が麝香《じゃこう》の匂いに閉じこめられて身悶えするアラビア。その夜の底には官能の魔神《ジン》が棲《す》むという、魔法の世界。

シャルロットは、夫がなにを考えているのかを知りませんでした。

結婚とは、愛情でするものではない。結婚とは、するものであって、ただ続けるものだと。

「エミールがそう言っていた……。エミールはそう思って、それをそのままナディーヌに言った……。だとしたら、この私は何なのだろう？」

乳香《にゅうこう》のように白いシャルロットの肌は氷のように冷たく、その指先は火のように熱くございました。

「お姉様は、なにをお召しになるの？　魔法で籠の鳥に変えられた、哀れなお姫様にでもおなりになるの？　私はどうしよう？　ショーマレー中尉はよく陽に灼けているから、アラビアの軽子《かるこ》か奴隷にはぴったりだけれど、私はどうしよう？　四十人の盗賊を恐れない勇敢なモルギアナ？　いえいえ、それじゃつまらない。わがまま気ままな王女様、いっそ恐ろしい魔神《ジン》の娘がいいかもしれない。男の裏切りを知って、毎夜毎夜お気に入りの男を殺してしまう恐ろしい王女様はいないかしら？」

ナディーヌはうかうかと申します。その刹那《せつな》、シャルロットは思いました。「ナディーヌは、ショーマレー中尉と結婚をするのか」と。

「この人騒がせで恥知らずな娘が、あの物静かな中尉の新妻となる」――それを思えば頬さえも熱くなるボナストリュー夫人ではございましたが、ボナストリュー夫人は、それを「なぜ?」とも思いませんでした。

挑むように、遠い異国から吹きつける幻想の風は、ブーローニュの森のはずれに住む女達の胸を熱くさせました。ただそれだけでございます。貞淑の果てようとする五月の末日《みそか》は、そうして訪れたのでございます。

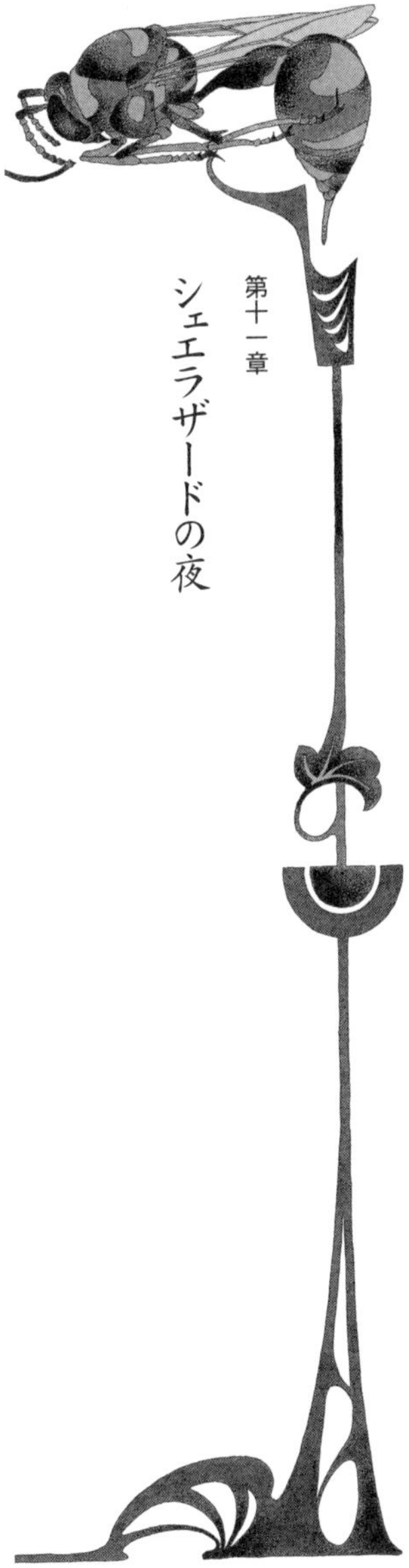

第十一章

シェエラザードの夜

その夜、フォーブル・サン＝ジェルマン街のグルネル通りにございますヴェルチュルーズ侯爵夫人の館《やかた》は、大層な賑《にぎ》わいでございました。常にはひっそりと静まり返っております古くからの貴族のお館が建ち並びます辺りが、馬車や自動車《ヴォワチュール》でごった返しますオルセー駅のようにもなりました。

さしもの広い馬車回しに、入りきれないほどの数の乗り物がやってまいります。物見高い群衆が住んでおります街区でしたら、道の両脇までも人で埋まりますことでございましょう。館の前庭にはいくつもの篝火《かがりび》が焚かれ、その火の勢いに驚いた馬が、時折いななきの声をあげました。今宵《こうこう》の門番《コンシエルジュ》は羅紗《らしゃ》のお仕着《しき》せなど着てはおりません。特別に雇い入れられたアルジェリアの若者達が、耿々と照り輝く月の下で、濡れるように黒い肌を美しく燦《きら》めかせておりました。

その夜は満月。貞淑の月の果てようとする夜の空に、まるで人の心を映し出す大きな鏡がかけられたようでございました。

扉の向こうから漂い出る香りは龍涎香《りゅうぜんこう》、流れ出る音楽は、モーツァルトの『後宮からの逃走』――すべては、シェエラザードの夜によそえられた東方のご趣向でございます。

玄関の間《フォワイエ》を抜けますと、すぐに大階段がございます。ひんやりとした大理石の床には艶冶《えんや》なペルシアの絨緞《じゅうたん》が敷き伸べられ、ルイ十六世様式の大階段の手すりには、白く匂い立つ小花を満開にしたジャスミンの蔓《つる》が、豊かに巻きつけられておりました。

大広間へ向かう人々のあでやかさ、華やかさ。アラビア風の衣装に身を包んだムッシュー・ボナストリューは、目の前の人々の様子をおもしろそうに眺め回し、悠然と大階段を上って行きます。

そのエミールに手を取られて進みますシャルロットは、どこに目を向けましたらよいのやら。心持ち胸を張り首を伸ばして、顔ばかりは正面に向けておりますが、あふれる音と色彩と、人の姿のおびただしさと漂う香りの馨《かぐわ》しさに迷わされ、どこにも目の焦点が合いかねるほどになっております。

「お姉様は籠の鳥」と、ナディーヌに譏《そし》られて、姉のシャルロットは〃鳥〃になりました。大裁縫師《クチユリエ》のポール・ポワレは、「そのお見立てはよろしゅうございます」と申しまして、白い光沢のある絹地に極楽鳥の羽をあしらった衣装《ローブ》を持ち出してまいりました。

頭には白い絹のターバン、そしてまた、極楽鳥の羽飾り。「囚《とら》われの鳥にふさわしいものは何？」と思いますところへ、宝飾師のカルティエが、夜ほどに青いサファイアと黄金で作りました小さな錠《じょう》前《まえ》を輝くダイヤの中にあしらいました首飾り《コリエ》を届けてまいりました。それを首筋に。口許には金紗《きんしゃ》のヴェールをかけて、出立《いでた》ちばかりは見事に美しい籠の鳥になりましたのですけれど、華やいだ舞踏会の階段を上ります自分が真実世慣れない籠の鳥でもあることを知って、シャルロットの心はいささか悲しゅうございました。

姉を「籠の鳥」と申しましたナディーヌは、鳥にもあらぬ獣にもあらぬ蝙蝠《こうもり》の文様を黄金で摺《す》り出しました生地による、「サロメ」でございます。

あらわな肌の胸許《むなもと》を飾りますものは、深紅のルビーによる恐ろしい蠍《さそり》。「これこそがシェエラザードの夜を飾るのにふさわしい〝裏切り〟の装い」と思いますナディーヌは、妻の手を取るエミールの後を傲然《ごうぜん》とした顔つきで進みますが、その宝石で飾り立てられた白い手を取る男はございません。その代わり、ナディーヌの掌《て》の中には、細い黄金の鎖が――。

鎖の先につながれておりますのは、真珠で飾られた黒革の首輪をつけました、お供《エスコルト》のショーマレー中尉でございます。

わがまま娘は申しました――「あなたは陽《ひ》に灼けているから、私の黒人奴隷におなりなさい。金の鎖につながれて侯爵夫人の舞踏会へ行くの。きっとお似合いよ」

ショーマレー中尉は、「いやだ」とは申しませんでした。

ショーマレー中尉の胸の内には、既に不思議な思いがございます。遠い日の五月の聖十字架の行列の思い出を語ったボナストリュー夫人。その人への思いが胸から離れません。さんざしの枝を切って作った、小さな十字架。それに添えられた美しい五月の野の花。なにかを祈るために、その小さな十字架を地に立てる少女。その光景が胸に灼きついて離れません。ふっとひかれて、「その人のそばにいたい」と思う心が、さらに深まりました。ムッシュー・ボナストリューは、ナディーヌとの結婚をすすめます。ショーマレー中尉に、そのお気持ちはございません。アフリカという土地がおいやになって、除隊を願い出られたショーマレー中尉でございます。

アフリカは、多くの男達が利権を求めて争う土地でございます。いかなる国も、それを止めようとはいたしません。止めるどころか、国と国とは、軍隊を使って争います。奴隷の売買は禁じられました。ですが、ついこの間まで、南の黒い肌をした人々は、奴隷として売られ続けておりました。誰がその人々を敬いましょう。人が熱い南の地に求めますものは、ただ富ばかりでございました。殴る蹴るは、日常茶飯《にちじょうさはん》でございます。花の都で「ゴム王」と崇《あが》められますお人が、彼《か》の地でなにをなさっておいでなのか。それをつぶさにご承知になりますショーマレー中尉でございました。

海軍司令官となられた曾祖父の代から、アフリカとのご縁は強い中尉でございます。ですが、人が人を殺《あや》めることを当然とは思われませんご気性はございました。ゴム園で働く仲間達を殺められた黒い人々は、怒って暴動を起こしました。それをお鎮めになりましたのが、指揮官として彼の地においでになりましたショーマレー中尉でございます。ムッシュー・ボナストリューが「アフリカでお世話になった」とおっしゃいますのは、そこのところでございます。暴徒と化しました土地の人々から、ショーマレー中尉はムッシューをお救いになりました。それが、軍人としてのお役目でございます。ですが中尉は、ご自身のなさったことにご疑念をお持ちでもございました。

一方には平気で富を得る人がいる。一方には、それに泣かされる人がいる。ご自身がどちらにおつきになるのか。それが果たして正しいことなのか。ショーマレー中尉は、アフリカでのお役に、大層なご不審を抱かれるようになったのでございます。

その人が、どうしてパリのゴム王の義妹と結婚をし、アフリカの地で富の先駆《さきが》けをいたすことなど出来ましょう。除隊を願い出たショーマレー中尉は、司令本部から「考え直すように」と言われました。「その代わり、パリで三カ月の特別休暇を与える」という条件を出されました。すべては、その休暇が果ててからのこと。ところがその休暇の内に、ショーマレー中尉は、美しいボナストリュー夫人をご覧になったのでございます。

ナディーヌとの結婚をご承諾になれば、ボナストリュー家へのお出入りは自由となります。「これは恋ではない、ただ、あの人のそばにいたいだけだ」と思う心が、一歩ずつボナストリュー夫人に近づいて行きました。「不純《アンピユール》」という言葉を十分ご承知になりながら。

「彼女《ナディーヌ》と結婚する気はない。アフリカに戻る気もない」——そう思《おぼ》し召しながら、中尉のお心は、ボナストリュー家に留まりました。

ナディーヌは申します。

「結婚というのは、愛情じゃないんですって。するもので、続けるもので、それは結局、当人の意志なんですって」

言われたショーマレー中尉は、ただ「至言《しげん》だ」と思い、その通りに申しました。

ショーマレー中尉は、どこか遠くを見ております。

「私は、あなたのことなんか愛してないわ！」と、ナディーヌは申します。「それを言うなら、僕も同じさ」と、ショーマレー中尉も申します。二人の間をつなぎますものは、ただ一筋の金鎖ばかりでございます。

真珠で飾られた黒革の首輪。「奴隷」という戯れの言葉。ショーマレー中尉は、「それもまた私にはふさわしかろう」と思し召されまして、ナディーヌの掌につながれたのでございます。

お似合いの二人は、大階段を上りました。ムッシュー・エ・マダム・ボナストリュー、そして、ナディーヌ・マルヴジョルとフィリップ・ショーマレー中尉。

大広間の内に、椅子の類《たぐい》は一つもございませんでした。椅子もテーブルもすべて取り片づけられたその後には、いくつもの絨緞が敷かれいくつものクッションが山と積まれておりました。

天井には色とりどりの支那《しな》の提灯《ランタン》が飾られ、何羽もの孔雀が悠然と羽を広げて歩き回っております。広間の中央には、見事な細工で仕上げられた雪花石膏《アラバスター》の大きな水盤が置かれ、そこからは香りのよい薔薇水《しょうびすい》が絶えることなく噴き出し続けております。その、涼やかな水音の聞こえる辺りに、金の仮面《マスク》を手にした一人の貴婦人が立っておいでになりました。様々な装いに身を凝らした招待客をお出迎えになります館の女主人《おんなあるじ》、ヴェルチュルーズ侯爵夫人でございます。

既にご主人はおいでになりません。普段はパリを離れて、スイスの別荘でお過ごしになっておいでです。そのことを表立って申します人はおりませんが、お年の方はもう五十《いそ》の坂を越えておいでになります。ですけれども、その若さと美貌は、一向に衰えの色を見せることはありません。「一流の名医を呼び寄せて、恐ろしい手術を受けておいでだから、あのような若さを保つことがお出来になるのだ」と、まことしやかに申します人もおります。この年の五月には、英国王室のエドワード七世がお隠れになりました。アレクサンドラ王妃は皇太后となられましたが、この方もご同様な噂を囁《ささや》かれたことがございます。「まるでエナメルで固めたような美貌だ」と。

ヴェルチュルーズ侯爵夫人は、六十六歳におなりの英国皇太后よりはずっとずっとお若くございますから、その美しさももっと自然で、盛りの中で咲き誇る薔薇の花のようでございました。

この侯爵夫人《マルキーズ》は、十六のお年でヴェルチュルーズ侯爵領をご相続になりました。貴族のお血筋とご結婚なさって「侯爵夫人」となられた類のお方とは違い、ご自身に爵位をお持ちの女侯爵《マルキーズ》でございます。いくら派手な装いでお出ましになりましても、その品位というものは並の人と比べられるものではございませんでした。


「まァ、エミール、ようこそおいでになって」

ムッシュー・ボナストリューがご挨拶をいたしますと、華麗なる女サルタンの仮装をなさっておいでの侯爵夫人は、金の仮面《マスク》をわずかに傾けられておっしゃいました。そして、マダム・ボナストリューの方に向かわれて、「やっとお会い出来たわね」と。

「エミールが大層お可愛らしい方と結婚したのだという話は聞きましたよ。でもこの人は、一向にあなたを私に紹介してはくれないの。あなたもお家の方に引き籠ってばかりで、エミールは相変わらず浮き名を流し放題だから、これはまた大層ご賢明な奥方をいただかれたものだと思っておりましたけれども、今日そのご様子を拝見すると、エミールが物惜しみをしていたのね。こんなにお美しい方を籠の鳥にして、自分は仕放題《しほうだい》。いけない人ね」

ムッシュー・ボナストリューは、侯爵夫人のおからかいをただの戯《ざ》れ言《ごと》のようにして、素知らぬふりでございます。シャルロットは、侯爵夫人の思いがけないおほめの言葉に顔を上気させ、夫の様子を気にかけることも忘れておりました。すると、侯爵夫人のお手が、すっとのびます。

「ヴェールをはずして、私にそのお美しいお顔を見せて」

透けるほどに薄い金紗《きんしゃ》のヴェールをはずされることがどれほどのことと、シャルロットは思っておりました。それが、なんとも言いようのない侯爵夫人の美しいお目に素顔をさらされます。今まで一度も人からこれほどにしげしげと顔を見られたことがないような恥ずかしさに襲われて、素顔のシャルロットは、立っているのがやっとでございました。

「エミール、この人を独り占めにして、籠の鳥にしておいてはだめよ。もっとあちらこちらに連れ出して、多くの人の目を楽しませてあげなければ。これからはあなたも、精々お外にお出になるようになさってね」

頬を染めてヴェールを掛け直すシャルロットに対して、侯爵夫人はいたわるような声をかけました。「光栄というものはこうしたことか」とシャルロットは思いましたが、そうした自分に向けられているもう一つの視線が気になりますシャルロットは、ボナストリュー夫人としての体面を崩すことが出来ませんでした。

ムッシュー・ボナストリューは、その視線の主を、侯爵夫人にご紹介いたしました。

「シャルロットの妹のナディーヌでございます」

侯爵夫人はすかさず——。

「あなたが有名なじゃじゃ馬さんね。お美しい方だけれど、あまりエミールの手を焼かさないようにね」

ナディーヌの恥じらいは、姉のそれとは違ったものでございましたけれど、シャルロットは、その侯爵夫人のお言葉に不思議なものを感じました。

「侯爵夫人は、なぜナディーヌをご存じなのだろう？　侯爵夫人は、なぜエミールをこのように親しげにお扱いになるのだろう？」

人のざわめきの中で、そのつぶやきは目立たぬままに消えました。

妻の様子に気づかぬムッシュー・ボナストリューは、侯爵夫人にご紹介を続けます。

「こちらは、ナディーヌの婚約者のフィリップ・ショーマレー中尉」

「まァまァ、これは大層危険な方がおいでになった。こんなに素晴らしい黒人奴隷なら、ほしがる方はいくらでもいる。お嬢ちゃん、その鎖をしっかりつないで、離さないようにしておいでなさいよ」

ナディーヌは思いました。

「一体、この侯爵夫人はなにを言っているのだろう？」

「侯爵夫人の言い方には棘《とげ》がある」と思ったナディーヌが口を開きかけた途端、またしても侯爵夫人は仰《おお》せられました。

「ほらほら、油断をしていると危ないことになる。おいしそうな匂いを嗅《か》ぎつけた宦官長《かんがんちょう》がこちらに目をつけているわ」

侯爵夫人の見やる彼方《かなた》には、でっぷりとした体に豪華なアラビア風の衣装をまとった大男がおります。ナディーヌはどきっといたしました。

「あれは？」

ナディーヌの問いに侯爵夫人は答えます。

「うちの宦官長のカシムよ」

「いえ、そうではなくて――」と、ナディーヌ。

「宦官になる前は、ロシアでバレエ団をやっていたそうよ」

「それではあの――」

「セルゲイ・ディアギレフ。ロシアバレエを率いる男。呼びましょうか？」

ナディーヌの「はい」より以前、金の仮面で顔を覆われた侯爵夫人は声を上げました。

「カシム！　こちらのお嬢様がお呼びだよ」

そして、パリ中に大興奮を巻き起こしたロシアバレエ団の団長セルゲイ・ディアギレフが、でっぷりと大きな体を屈《かが》め、揉《も》み手をしながらやって来たのでございます。

「あの宦官長は危なっかしいの。いつでも裏門から男を平気で引き入れてしまう。気をつけないとね」

シャルロットには理解の出来ない、侯爵夫人のひとりごとでございます。

宦官長を呼び寄せた女サルタンは、さっと裳裾《もすそ》をさばくと、広間の中央に進みました。

「ようこそ皆様。今宵はシェエラザードの夜、存分にお楽しみになって。お酒も食べ物も音楽も、なんでもあります。ただし、ワルツばかりは今宵はご法度《はっと》。あの三拍子の曲がドナウ川を下って来ることだけは、女サルタンである私が食い止めました。それ以外はなんでもご存分に！　さァ、音楽を始めなさい」

侯爵夫人の合図を受けて、リムスキー・コルサコフの官能的な『シェエラザード』が流れ始めました。

第十二章
華麗なる獣の視線

金と絹の輝きで満たされたような大広間の中心には、女サルタンに扮したヴェルチュルーズ侯爵夫人。その横には、金の鎖に繋がれた一匹の小猿が豪奢《ごうしゃ》なアラビア風の衣装を身にまとって、しきりに木の実を頬張っております。まわりには、羽飾りのついたターバンを載せられた幾羽ものオウム達——猿の教主《カリフ》にオウムの太守という、人と獣を入れ替えたご趣向でございます。

　幾つもの弦《いと》が、きしむようにして煽情《せんじょう》的な異国の音色を奏《かな》でます内に、真珠と薄絹をまとった女達が幾人《いくたり》も登場いたしました。

　ロシアからの踊り手達の肌は雪のように白く、熱砂《ねつさ》の国の女となって踊りますその肌の白さと露《あら》わさが、なんともなまめかしく美しゅうございます。広間を埋め尽くすほどの人達は、出現いたしましたハレムの女達の出立《いでた》ちに、息を呑みますやら嬉しげな喚声を上げますやらして迎え入れたのでございますが、その余興の始まりと共に一気に熱ばむほどにもなりました官能の大広間に、なんとも無粋《ぶすい》な人声《ひとごえ》が上がりました。

「なんという顔をしておいでになるの！　こんな怪しげなものを嬉々としてご覧になって、あなたの品性が疑われますわよ！」

もちろん、それで音楽が止まるわけでもございません。踊り手達の目がチラと動いて、ただそればかり。ハレムの女達の踊りは、微塵《みじん》も揺らぐことがございませんでした。広間に人の頭が揺れることもございません。なにしろ、侯爵夫人の舞踏会でございます。そのような場所でそのようなお招きに与《あずか》った、しかるべき方々ばかりでございます。その声に振り返ったのは、今出来の成り上がり連中ばかり。古風な蠟燭《ろうそく》の燦《きら》めきます大シャンデリアの下で、人は眉さえも動かしませんでした。

チラとだけ走った視線は、その無粋の正体を一瞬で見極め、「ああ、彼《あ》の人なら」と呑み込みました。それさえもせず、野蛮なアメリカ訛《なま》りの大仰《おおぎょう》で単調《モノトス》な言葉を耳にいたしました途端、「もう聞かぬもの」と決め込まれたお方も多うございました。

その方のお名前は、シュワズール公爵夫人。帽子ばかりはゴテゴテとアラビア風に飾り立てたものをお召しになって、片手には金の仮面《マスク》をお持ちになっておいでですが、衣装《ローブ》の方は、まるで前世紀の後家さんのような黒ずくめでございます。

「私はこんなところへ来たくない。でも、仕方がないからやって来た」と言わぬばかりの公爵夫人は、お供《エスコルト》の殿方のお顔を「憤懣《ふんまん》やる方ない」といった表情で睨《にら》みつけておいでした。

「おお、また公爵夫人の悋気《りんき》騒ぎが始まった」

「ムッシュー・ロダンもいいお年で、あんな女に引っかかる」

声にならない囁きが語りますことは、そんなことでもございました。権高《けんだか》なお顔と大層逞《たくま》しいお体をお持ちの公爵夫人が睨みつけておいでだったお相手は、偉大なる彫刻家ムッシュー・オーギュスト・ロダンでございましたの。

ムッシュー・ロダンは七十のお年。白いお髯《ひげ》をお伸ばしになって、なんとも不思議に色鮮やかなアラビアの服をお召しになっておいでです。芸術家《アルティスト》としての創作意欲がいたって旺盛なムッシューは、肌も露わな踊り手達に対して、とろけるような目差《まなざ》しを送っておいでだったのでございます。

それが悪うございました。公爵夫人の悋気のお脈に触れました。

公爵夫人の評判は、大層に悪うございました。「身を持ち崩したミュージック・ホールの踊り手が街の女になったようなもの」と、表立っては申しませんが、陰では公然とそのようなお噂でございます。

お生まれはアメリカ。ニューヨークなどという落ち着かぬところの弁護士の娘としてお生まれのじゃじゃ馬が、強引な手管《てくだ》でシュワズール公爵の奥方におさまりました。そして、フランス貴族の洗練を、好き勝手な放縦《ほうじゅう》と思い誤りまして、人もなげなお振舞《ふるまい》ばかり。社交界の鼻つまみとなりましたお方が、挙げ句は芸術の女神《ミューズ》の称号などという罰当たりをお望みになりまして、ムッシュー・ロダンをお掌《て》の内へ。お年のせいでお遊びもままならぬブロンズの大王へ、「私はお亡くなりになったあなたのお姉様の生まれ変わりなのよ」などと仰《おお》せになりまして――。

お気の毒はムッシューでございます。ムッシュー・ロダンのお住居は、ヴェルチュルーズ侯爵夫人のお館《やかた》とは通りを一つ隔てた、ヴァレンヌ通りにございました。「ビロン館」の名を持ちますそのお屋敷は、以前にはビロン元帥《げんすい》のお住居でございまして、ロシア皇帝のご所持にかかったことのある由緒正しいものでございました。この広大なお庭を持ちます素晴らしいお屋敷は、様々な経緯《いきさつ》の後、共和国政府のものとなりまして、気前のいい政府はこのお屋敷を芸術家達に安く貸すことにいたしましたのですが、そこには「立派なのは外観ばかり、壁は剝げ落ち雨漏りのする屋敷に、まともな者が住もうとはすまい。それならいっそ、変わり者たちの住まいに」という内実もございました。

その館の一階の、最も広大な部分をお借りになりましたのが、ムッシュー・ロダンでございます。

その他には、男好きの男優やらムッシュー・ロダンの秘書やら。アメリカからやってまいりました裸足の舞姫イサドラ・ダンカンもおりました。ひょろりとした詩人志望の学生で、ジャン・コクトーと申す人もおりましたそうな。欲の方面に関しましてはすべてにお強くてあらせられますムッシュー・ロダンは、「いずれこの館全体を私の美術館にして」などと思し召されておいでではしたが、そのビロン館の住人達も、その夜の舞踏会へ招かれておいででした。

美貌でも気品でも、「強引」以外のものは、すべてにヴェルチュルーズ侯爵夫人にお劣りになるアメリカ製の公爵夫人は、勇んで敵地へお乗り込みになられたのでございますが、躍動する芸術の肉体をことのほかにお好みになりますムッシュー・ロダンは、かしがましい公爵夫人よりは、ずっとずっと、若いロシアの踊り子達をお好みになられたのでございます。

余談ともなりますが、この二年後、ムッシュー・ロダンはシャトレ座で、『牧神の午後』をご覧になりました。そして、高貴な家に生まれた美しい野性児ニジンスキーの魅力に取り憑《つ》かれた巨匠《マエストロ》は、この若い舞踊家をビロン館のアトリエへお呼びになりまして、いくつもの像をご制作になったのです。ニジンスキーは、大層にそのことを喜びました。ですが、そこに嫉妬の目を向ける殿方もございましたのです。なによりもその若者を愛しいと思う、バレエ団の代表ムッシュー・セルゲイ・ディアギレフでございます。

それは、暑い夏の日の昼下がりだったそうでございますわ。朝早くにお出掛けになった美しい友人《アミ》のお後を慕って、襟元を汗で濡らしたセルゲイは、アトリエの扉の前に立ちました。そして、こっそりと覗《のぞ》きました。

内には、愛おしい若者の汗の匂いがいたします。偉大なる彫刻家の前で何度も跳躍を繰り返しました野性児は、上半身裸のまま、巨匠《マエストロ》の足許に横たわり、健《すこ》やかな寝息を立てております。かたわらには、空になった二つのワイングラス。ムッシュー・ロダンも、薄着のまま微睡《まどろ》まれておいででした。それを「色事の後《いろごと》」とお考えになるのは、人とはいささか違ったお心をお持ちのお方だけでございましょう。でっぷりと太ったムッシュー・ディアギレフのお心は、恋の思いで大層にお小さくなっておいででした。

「私とニジンスキーの仲を裂いたのはロダンだ！」と、ムッシュー・ディアギレフは触れて回りました。なんのことやらお分かりにならないのは、ムッシュー・ロダンでございます。「この私が男色家《ペデラスト》だって⁉」とお驚きになりましたが、いとも珍妙な醜聞はパリ中を駆けめぐっていたのでございます。でも、それはまだ先の話。今はまだ一九一〇年五月の末日《みそか》、ここはビロン館ならぬ、ヴェルチュルーズ侯爵夫人のお屋敷の大広間でございます。

「芸術の巨匠《マエストロ》が、私をさしおいて、若い娘の裸に夢中になるなんて！」と、お憤《むずか》りになったアメリカ製の公爵夫人は、黒い衣装《ローブ》の長いお裾《すそ》をバサッと翻《ひるがえ》されまして、さっさとご帰還に及ばれます。お情けない、白髯《はくぜん》の巨匠《マエストロ》は、アラビア喪服の公爵夫人のお後を追われて大階段へ。そうして、偉大なる天才彫刻家は、ロシアから来た美しい野性児、二十歳になるヴァツラフ・ニジンスキーの素晴らしい姿を見過ごすこととなったのです。

音が変わります。ハレムの踊り手達が引っ込みましたその後には、女サルタンとそのお気に入りの若い奴隷が現れます。二人踊り《パ・ド・ドゥ》を務めますのは、ロシアバレエの若き女花形《エトワール》イーダ・ルビンシュタインと、逞しく美しい青年奴隷に扮しましたニジンスキーでございます。

褐色の肌。その剝き出しの腕と肩を際立たせるばかりのまばゆい色彩の衣装。燦《きら》めくビーズと真珠。悩ましく身をくねらせて女サルタンにからみつくような、半裸の青年奴隷。それを目の辺《ま》りに見るナディーヌは、官能の熱さで夢心地になりましたが、姉のシャルロットの見るものは、いささか違っておりました。

ナディーヌは、その人を「美しい獣」と評しました。大きく逞しく力強く、そして獣のように鋭い目つきをした若い男でもあろうと、シャルロットは思いました。でも、今目の前でシャンデリアの光を浴びて踊るその人は、とても獣のようではございませんでした。

シャルロットは、「なんと愛らしい人だろう」と思いました。小柄な体につぶらな目をしたその人は、まるで少年のように愛らしく見えました。なまめかしいハレムの中で女サルタンの官能を揺すり立てるようにして踊るはずのその人が、子供のようにも思えました。愛らしい少年が、まだなにも分からぬまま、人の恋をそのまま我が身になぞるようにも――。

身動きをし、手足を伸ばして踊るそのことがただ楽しくて仕方のないような少年。生きてあることがそのまま我が身の光栄につながると信じてはばからない少年が、その輝かしい誇りを目一杯見せつけている。そんな眩《まぶ》しさがございました。

シャルロットは不思議です。「こんなに愛らしい、きかぬ気の少年のような人が、どうして〝獣〟などという言葉を使って評されるのだろう」と思いました。

「ナディーヌはまだ子供だから、それで、こんなに愛らしい人を〝獣〟だなどと言うのかしら？」

そう思って、視線を人込みのナディーヌに向けました。そしてシャルロットは、羞《は》じらいに目を伏せなければなりませんでした。ナディーヌの横には、もう一人の美しい奴隷男がいたからです。

ショーマレー中尉でございます。「裏切り」とやらの装いを身にまとって精一杯悪女ぶったナディーヌの横には、金の鎖で繋がれた奴隷に扮するショーマレー中尉がおりました。アフリカの奥地で陽に灼けた、褐色の肌。シャンデリアの下で踊るニジンスキーのよりもずっと大柄なアラビアの奴隷。

着るものの色目《いろめ》は違います。しかし、同じような装《なり》をしたその人の姿が、シャルロットにははっきりと「獣」に見えました。

人の心をうろたえさせるほどの美しい獣。マダム・ボナストリューの体に、衝撃が走りました。突き上げるほどに襲う淫《みだ》らな衝撃。

肌は冷たいはずなのに、その白い肌に包まれた肉体の奥から、熱いなにかが、堰《せき》を切って溢《あふ》れ出ようといたします。

思わずシャルロットは、声を上げようといたしました。突然、乳房の先が無感覚になって、ただ針の一突きを待っているような恐ろしい衝動――。

金紗《きんしゃ》のヴェールの上から、シャルロットは我が口を押さえました。そして慌《あわ》てて、夫の姿を探しました。「これは、夫に見咎《みとが》められてはならないこと」――その思いが、シャルロットに夫を探させたのでございます。

今の今まで、確かにエミールの姿はそこにありました。ですが、夫の姿は見当たりません。うろたえるシャルロットの目の端に、今一度躍《おど》り上がったニジンスキーが見えました。それはもう、愛らしい少年の姿ではありません。どんな子供の中にも眠っている、痺《しび》れるような快楽の芽――それが突然、時に出会って開花してしまったような、凄まじいなまめかしさでございました。

目の端にかかったロシアの若い踊り手の姿が、とろけるような官能の恐ろしさを、若い人妻に教えたのです。

シャルロットは口を押さえたまま、広間の中央に背を向けました。

シャルロットはなにも知りません。その踊る青年奴隷の目差しに宿った蕩《とろ》けるようないかがわしさが、広間のあちこちに飛び火していたことなどは。

ナディーヌは、美しい獣の跳躍を、溜め息をついて眺めておりました。

その横ではショーマレー中尉が、なんだか懐かしいものを見るような目で、褐色の青年の舞い踊る姿を見ておりました。

時は仮装舞踏会でございます。なにがあってもおかしくはございません。たとえ、若いアラビア奴隷の腕に、でっぷりと太った宦官長《かんがんちょう》がしなだれかかっていても。

ショーマレー中尉の右腕にしなだれかかったアラビアの宦官長は、乙女のような声を出しました。

「ああ、ヴァツラフ、素晴らしい……」

熱にうかされたようにつぶやきますのは、恋の思いに心ばかりは小さくなった、ムッシュー・ディアギレフでございます。

シャルロットは、人の群れを押しのけるようにして、大広間を進みました。

「誰も私には気がつかない」――そうつぶやきながら進むシャルロットの耳に、聞き慣れない女の声が届きました。

「どうなさった？　ご気分でも悪くて？」

館の主人、ヴェルチュルーズ侯爵夫人でございました。

「いえ、なにも――」

そう言おうとしてシャルロットは、侯爵夫人の白い手が、我が身の腕をつかんでいることを知ったのでございます。

ジャスミンの甘い匂いは、いつの間にか失せておりました。その代わり、上気した肌に心地よい、大理石の冷たい香りがいたしました。ここはもう官能のアラビアではございません。慣れた夜風の吹き抜ける、二十世紀のパリでございました。

侯爵夫人の掲げる燭台の炎が、黒いマホガニーの家具の艶《つや》を、つかの間浮かび上がらせます。眠るように白い日本《ジャポン》の磁器。積もる埃《ほこり》のような色香を見せます綴《つづ》れ織りの壁掛け《タピスリ》。どれほどのお部屋がこのお邸《やかた》にはございますのでしょう。シャルロットの手を取った侯爵夫人は、いくつもの扉を抜けて、館の奥へと進みます。扉を開け、扉を抜け、細い階段を上がって、また扉を抜け――。

訝《いぶか》しそうな顔をするシャルロットに向けて、侯爵夫人の言われることは、ただこればかりでございました。

「仮装舞踏会の女主人《おんなあるじ》のつまらなさをご存じ？　誰も彼もが、自分が誰だか分からないような装いをしてやって来るのよ。〝まァ、なんという素敵なご趣向〟――そう言って迎える女主人は、誰からも正体をあからさまにされているのにね」

シャルロットには、なんのことやら分かりかねました。

第十三章

侯爵夫人の恋の手ほどき

細い裏階段を上りつめたところに、小部屋がございました。窓も椅子もなにもない、本当に小さな部屋でございます。侯爵夫人は扉の前に燭台を置きますと、その小さな部屋の中にシャルロットを誘《いざな》いました。

「さァ、もしかしたら、あなたのお悩みの正体は、ここにあるかもしれなくてよ」

シャルロットは狐につままれたようでございました。

「私の、悩み、でございますか？」

「なにか、あなたは悩んでいらっしゃる。そうじゃなくて？」

シャルロットの身内が、つかの間熱くなります。

下から蠟燭《ろうそく》の炎にお顔を照らし出されます侯爵夫人が、なにもかもお見通しでおいでのように思えたからでございます。

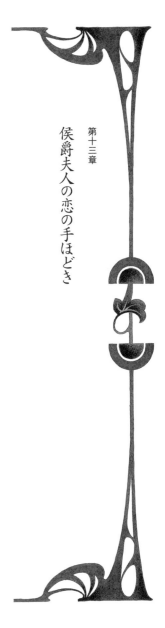

「私がなにを――」シャルロットは、みじめにも抗《あらが》います。

身内に宿りますものは、淫《みだ》らな罪の思いでございます。それを気取《けど》られまいとして抗いましたシャルロットの手を、侯爵夫人の指がつかみます。

手の内側のふくよかな肉をつかまれて、その刹那《せつな》、シャルロットは侯爵夫人の不思議な笑顔が、我が身の胸内へ入り込んだように思われました。

「声を出さないで……」

侯爵夫人は、シャルロットの腰を抱えるように、その小さな部屋の中へ引き入れます。

小部屋の中には明かりさえございません。暗闇の中でなにが起こっておりますのか、シャルロットには見当もつきません。扉を閉めれば真の闇、となりますところに、ただ一筋の光がございました。

侯爵夫人は、その細い一筋の光を頼りに、壁を伝って進んで行かれます。手を取られるシャルロットは、従うより他はございませんでした。

「足許にお気をつけて。踏み段があるから、それをお上がりになって」

侯爵夫人のささやき声に従って踏み段を上がりますと、光の源《みなもと》がございました。

侯爵夫人は黙って、その光の洩れてまいります小さな穴に、お顔を近づけました。

「ご覧なさいな。あなたのお悩みの因《もと》がこの向こうにあるはずだから」

小さな穴から洩れる光が、侯爵夫人の口許に、うっすらと笑みを浮かび上がらせました。

シャルロットは言われるまま、その小さな覗《のぞ》き穴に目を寄せました。

そこは、赤と黒の織り布で包まれた小部屋でございました。

なにもない暗闇の中から豪奢《ごうしゃ》な部屋の中を覗くのは、大層に不思議な気分でございます。

自分がまるで、小さな羽虫になったようでもございました。

部屋の中を金色に見せているのは、電気の光《リユミエール・エレクトリク》でございます。その浅ましいばかりになにもかも照らし出します光の中に、一人の男と一人の女がございました。

男は、背ばかりが見えます。女は、白い腕と白い胸と、その胸の先の桜桃のような赤さが見えました。

胸騒ぎというものは、生まれるべき時に生まれるものでございましょう。シャルロットは、その背中しか見えません男の背中を見て、不思議な胸騒ぎを感じました。

どこかで悪魔が嘲《あざけ》っているようでもございます。その悪魔は、他でもない、シャルロット自身でございました。落ち着いてそれを見ている自分自身。それがシャルロットには訝しくもあり、また同時に心地よくもございました。

ふと見せる横顔に、見覚えがございます。それを「その人」と言い当てる、快感のようなものさえもございました。その口髭と横顔は、夫エミールのものなのでございます。

その、誰とも知れぬ男の背中を見た時に感じた動揺と落ち着き——見てはならぬものを平気で正視出来たそのわけは、自身の淫らな気持ちからではなく、見慣れたものを見る落ち着きによるものだったのかと知って、シャルロットの中の悪魔は、冷静に微笑《ほほえ》んでおりました。

「あなたのお悩みは、これ?」

侯爵夫人の声が、耳許で甘くくすぐるように聞こえます。

「お相手は、誰方《どなた》?」

シャルロットは、自分の声がいとも平静に聞こえるようにと、そればかりを祈っておりました。

「今の時に肝心なのはそればかり」と、シャルロットの中の悪魔も囁《ささや》いております。

「どこかの奥方——」

侯爵夫人のささやきは、シャルロットの耳をとろかしそうでもございました。

「あまりあの手の女を、私の部屋に引き入れてほしくはないのだけれど」

見ないようにして見ることが出来るなら、聞かないようにして聞くことも出来る――シャルロットはそう思い、侯爵夫人のおっしゃるお言葉を聞きました。

「エミールは――」

「なぜ?」と言いかけたシャルロットの頬を抱きかかえて、侯爵夫人は、「黙って」とおっしゃいます。身を寄せた侯爵夫人の甘い匂いが、シャルロットを包みます。二人は黙ったまま頬を寄せ、金色の光の洩れる小さな穴を覗き込んでおりましたの。

侯爵夫人のお言葉が、「黙って見ていましょう」でしたのか、「黙って、向こうに聞こえるわ」でしたのか、いずれかは分かりません。ただ、二人の女は黙って、壁の向こうのもつれ合う男女を見つめ続けておりました。

壁の向こうの女の喘《あえ》ぎ声は遠く、それはまるで、底の深いガラス壜《びん》の中で溺れ死んで行く虻《あぶ》の姿を眺めるようでした。

「行きましょう」

侯爵夫人が囁いて、シャルロットの頬から年上の女の冷たい頬は離れました。

現実に引き戻されることは、親しい頬を引き離されること――シャルロットには、そのようにも感じられました。

「エミールとは、いつから?」

黒いマホガニーの飾り棚が静かに角々を光らせます部屋の中で、シャルロットは申しました。

それはもちろん、「いつからあの奥様と?」という意味ではございません。

「いつからあなたと?」という意味でございます。

侯爵夫人の館にございます隠し部屋を自由に使うことが出来る男。侯爵夫人ではない女を誘い、しかもそれを、侯爵夫人に黙認させている男。エミールと侯爵夫人との間に何事もなかった、などということがあるはずはございません。妻を伴って館の大広間に足を踏み入れたエミール、それを迎えた時の侯爵夫人の親しさ――いえ、それを通り越した馴れ馴れしさの正体が、ついにシャルロットにも理解されましたのでございます。

不思議に、嫉妬だの怒りというものはございませんでした。ただ、「自分一人がなぜ今までそれを知らされていなかったのか」という、釈然としない思いばかりがございました。それで、ただ「エミールとは、いつから？」と。

「侯爵夫人が曲げてお答えになるのなら、それはそれでかまわないこと」という思いが、シャルロットの胸中にはございました。

「ジュヌヴィエーヴとお呼びになって。シャルロット、あなたとはお友達でいたいの」

女サルタンのままの侯爵夫人は、そう言ってシャルロットに、シェリー酒のグラスをお手渡しになります。暗いルイ王朝様式の家具に囲まれた部屋の中で、偽りのアラビアの絹がさらさらと鳴ります。たとえて言えば、それは「嘘」という響きでもございましょう。

「あなたとはお友達でいたいの」――そのとってつけたような親しさが、シャルロットの胸に「怒り」というものを呼び起こしました。ですが、侯爵夫人はそのようなことに頓着《とんちゃく》なさるお方ではございません。ご自分のグラスに唇をおつけになると、「ああいう場所に、電気の光《リユミエール・エレクトリク》はいけないわね」と仰《おお》せになります。

「なんだか、すべてがあからさまになりすぎて、恋人達がまぬけに見える。あまりにも公明正大な恋は、ただ愚かしいというだけなのね。燭台に替えさせないと」

そして、釈然としない表情を剝き出しにしてしまったシャルロットをご覧《ろう》じて、こう仰せ出だされました。

「若い頃のエミールは、素敵だったわ」

シャルロットも、シェリー酒を一口飲みました。シェリーの甘さが苦さに変わって、それが胸の中で熱になるのには、まだしばらくの時がかかりました。

侯爵夫人は、何事にもご頓着なさいません。

「野心が男を輝かせる例は、昔からいくらでもあるでしょう。野心がその身を輝かせる男は素敵。ただ貪《むさぼ》るばかりの獣と同じような、高貴な輝きに満ちているの。若い頃のエミールもそうだった。もう十年も前になるのかしら、この頃では時間というものがよく分からなくなって、正確なことは覚えられないの。あの人がアフリカで富を手に入れて、意気揚々とパリに戻って来た頃よ。あの人はお金ばかりあって、何一つ知らなかった。全部私が教えたの。あるのはお金だけ。でも、決して人に負けまいという自負心があった。人を卑しくさせるのも自負心、輝かせるのも自負心。エミールのそれは、輝いていたわ」

侯爵夫人のその声は、目の前からではなく、隣から聞こえました。目を合わせて、その声を聞くのは、つろうございました。エミールにもあって、シャルロットにもあるもの――それは、「決して人に負けまい」という自負の心でございます。

エミールが若かった頃は、シャルロットの幼かった頃でございます。自分が関知しようのない世界があった。それだけが、つろうございました。

「人に負けまいと思うのなら、決して〝勝とう〟という心を表沙汰にしないこと。卑しい犬ほどよく吠えるの。エミールは、犬ではなかった」

シャルロットの中にも、辺りをうかがう獣が姿を現しておりました。

「若い頃のエミールには、気品があった。よほどつらいことを堪《た》えて来たのかと、私は思ったの」

「エミールは、孤児《みなしご》でございました」

「そう。私がそれを聞いたのは、ずっと後のこと。素姓などというものは、言わない方がいいの。言いたいと思う心が、人を卑しく見せるの。だからエミールは、黙っていた。その強い沈黙が、エミールを獣にした」

「私の沈黙も、私を獣にしてくれればよい」――そう思いますのが、シャルロットでございました。

「でも、エミールは変わったわ」

侯爵夫人の目には、なぶるような光が宿っておいででした。それはまるで、「あなたの知っているエミールは、変わった後のエミールね」とでも仰せのようでございました。

「男はどこで変わるのかしら？　あなたを手に入れてから変わったわけではないわね。あなたを手に入れようと思った時、もうエミールは、違う男になっていたのね」

シャルロットに、「それ以前のエミール」などというものの知りようはございません。

侯爵夫人はお続けになりました。

「私は、間違っていたのかもしれない。エミールを一人前の男にしようとして、ただの尊大な男にしてしまっただけかもしれない。男というものは不思議よ、シャルロット。尊大にならなければ、一人前になったような気がしないらしい。そんなつまらない男は、いくらでも見たわ」

「侯爵夫人は、まだエミールを愛しておいでになりますの？」

それを問う時ばかり、シャルロットはみじめでございました。

ところが、侯爵夫人はお笑いになりました。

「まァ、なぜ?」シャルロットには、その笑い声の意味が分かりませんでした。

「私ははじめから、エミールを愛してなどいないわ。素敵なものを見て素敵と思うだけ。人を育てるのは貴族の役目ですもの。エミールは素敵だった。ただそれだけよ。それがつまらない男になってしまって、私のせいかもしれないと思うと、少しばかりつらくなる。それだけのことよ」

シャルロットを見つめる侯爵夫人のお目の内には、「なぜそんなことをお訊《き》きになるの?」という、不思議そうなお色がございました。そして、それを見るシャルロットの面《おもて》には、「それではなぜ私に、そんなお話を?」という訝しさがございます。

「それではなぜ——」シャルロットが言いました。侯爵夫人のお手がすっと伸びて、シャルロットの顔のヴェールを取りました。

「私が愛しているのは、あなたよ。おばかさん」

そしてシャルロットの前に、侯爵夫人の赤い唇が近づいてまいりました。

第十四章
ハバネラと闘牛士《マタドール》

広間に流れます音楽は、ハバネラへと変わっておりました。

時刻は夜中を過ぎております。趣向を凝らした広間に溢《あふ》れます人声は、盛んな蠅《はえ》の羽音のようでもございました。侯爵夫人は、アラビアの裳裾《もすそ》をまるで闘牛士《マタドール》のようにひらめかされますと、かまびすしく熱い人の渦の中へと消えて行かれました。

時刻のせいでしょうか、それとも社交に慣れた人々のせいでしょうか、贅《ぜい》をつくした装いを競っていた贋《にせ》のアラビア人達は、既にこの世紀《シエクル》の都会人という馬脚《ばきゃく》を露《あら》わしておりました。

「なんのために夜会《ソワレ》があるとお思い？　なんのために、夜会のまわりには夜があるの？　それは、夜会が恋の場所だから。人が夜会に集まるのは、そこで恋の相手を見つけられると思うから。そうでしょう？」

活人画《かつじんが》のような人の渦を見て、シャルロットは去って行った侯爵夫人の仰《おお》せ言《ごと》を、改めて思い返すのでございます。

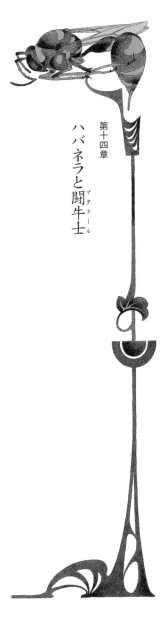

恋というものを、あなたは初心《うぶ》な若人達だけのものとお思い？　なにも知らない少年少女が情熱だけで体当たりをするものが恋なら、恋には洗練だとか花やぎというものは、決して訪れないわね。

恋がそんなにも剣呑《けんのん》なものなら、夜会《ソワレ》に恋は似合わない。それなのに、どうして夜会は華やかなの？

ううん、そうじゃない。夜会というものは、決して華やかなものではないの。

だから、夜会のお客様は、みんなお年を召した方ばかり。定まる相手をお持ちの御婦人方《メダム・エ・メッシュー》や殿方ばかりが、つかの間の人交《ひとまじ》わりにほっと息をつくの。

盛りを過ぎた老婦人が、まるで自分の生涯の財産を見せびらかすように、豪華なものを掻き集めて、身につけて、それればかりが夜会で果たす儀式だと思い込んで、ご臨席のその後には椅子に腰を下ろして、女同士の世間話。それればかりが、正しい夜会のあり方かしら？　豪華なマダムの連れ合いは、まるで鵜匠《うしょう》に操られる黒い鳥のように、そのかたわらで男同士の手柄話。それればかりが、正しい男のあり方かしら？

男達は、夜会の隅で事業の話、投資の話。それればかりなら、どうして夜会はまばゆくてきらびやかなのかしら？　どうして夜会のまわりには、なにも言わない夜があるの？

夜会が夜の中で輝くのは、そこが、まばゆいばかりの恋を始める舞台だから。

そうではなくて？

女達は、どうして夜会に胸をときめかせるの？　なにを思って衣装《ローブ》を競うの？

女同士の贅の張り合い？

悲しいこと。

男達は、どうして夜会を煩《わずら》わしがるの？

それは、恋の猟場《りょうば》に入るのに、なぜ正装などという煩わしさが必要なのかと、訝《いぶか》しんでいるから。定まるお相手をお持ちの御婦人方《メダム・エ・メッシュー》や殿方ばかりがお出ましの夜会は、恋の相手を探す場所。あなたは、なにを考えておいで？

シャルロットは、広間でざわめく人の数を見て、自分の頑《かたく》なを嗤《わら》いました。

「夜会が美しくないのは、夜会をざわめかすばかりの人達が、恋の相手に出会えないから」

シャルロットは、そのように思いました。

「もしもエミールが、このアラビアの夜の中で、さもしい商談にばかりうつつを抜かしていたなら、私はきっと、哀れで寂しいだけの女になっていただろう」

シャルロットは、秘密の小部屋の覗《のぞ》き穴から見た、夫の背中を思い出しておりました。それは、街灯の光におびき寄せられた二匹の蛾《が》のような姿。ただ、狂うばかりの舞を見せる、哀れな羽虫。

シャルロットは、金紗《きんしゃ》のヴェールの下にある金の首飾り《コリエ》にそっと触れました。夜のサファイアと情熱の黄金で作られた小さな錠前《じょうまえ》が、輝くばかりのダイヤの中にございます。

「戒《いまし》めは内にある。私は、解き放たれた籠の鳥。この羽飾りを損《そこ》なわないようにしなければ――」

シャルロットの衣装《ローブ》を飾ります極楽鳥の羽飾りが、その時、凜《りん》と逆立ちしました。

「マダム？」

見知らぬアラビア人が、そのシャルロットを誘《いざな》います。

「ええ《ウィ》」と答えて、シャルロットは贋のアラビア商人の手を取りました。

「この羽飾りを損なわぬように――。決して浅ましく、偽りの光におびき寄せられぬように――。身内から輝き出す恋の光が、私の体を美しく見せてくれますように」

シャルロットはそっと祈って、見知らぬ男と共に、ハバネラの輪の中へ入って行きました。

カリブの海を渡ってまいりましたその西の熱国の音楽は、細かい音あしらいで人の心をそそります。

「そそられてなるものか」と、シャルロットは、その煩わしい羽音のような弦《いと》の音を、思うさま踏み越えます。

「そそるのは私の役、そそられるのは男の仕事。この羽飾りを損なわぬように、貴男《あなた》は私を踊らせなさい」

シャルロットは、男の顔を見ぬままに踊りました。

「恋に負ける女はいても、恋に悩む女なぞいません」

侯爵夫人の言葉がまた甦《よみがえ》って、シャルロットは、「まさしく――」と思いました。

「恋に悩むなんて、不思議な人――」

侯爵夫人は、そうおっしゃいました。


まるであなたは生娘《きむすめ》みたい。

女は、恋でなんか悩みません。

恋に悩むのは、恋の戸口に足を踏み入れたばかりの生娘だけ。女は、恋でなんか悩みません。

恋の場数が、恋に悩む無意味を女に教えてくれるの。どうしてあなたは恋で悩むの？

それを言う侯爵夫人のお声は、吐息と共に、シャルロットの耳の中へ流れ込んでおりました。

「これでもあなたはお悩みになる？」と囁かれますような、不思議な吐息――。


恋に悩むのは、男だけ。

だって男は、恋をしないもの。

恋をせずに、色事《いろごと》をするの。

恋をするのは、ただの色事《アヴァンチュール》。

垣を飛び越える馬のように、ただ男は、女を味わうだけ。

だからそれが色事《アヴァンチュール》。男は冒険《アヴァンチュール》が好きなだけ。いい迷惑ね。

味わって、通り過ぎて。まるで、針をちらつかせて蜜《みつ》だけを味わって行く蜂のよう。

でも女は、花ではないの。

女は、襲いかかる牛をあしらう闘牛士《マタドール》。恋に負ける女はいても、恋に悩む女などいません。

花と思うヴェールで、男をやり過ごすの。

花と見せるヴェールで、男をそそのかすの。

なにを悩むの？

悩む必要があるのかしら？


シャルロットの耳をくすぐる侯爵夫人のささやきは、花の中にそそがれる蜜のようでもございました。

女がなにをしようと、男はなにも知らないの。だって男は、女の心をなに一つ知らないもの。

そう言って侯爵夫人は、シャルロットの耳の端を、軽く噛みました。ヴェールをはずした首筋に、侯爵夫人の冷たい唇が触れました。

あなたは、誰に恋をしているの？

その言葉だけが、シャルロットの胸を刺しました。

あの、美しい、妹さんの婚約者《フィアンセ》？

うろたえまいとして、シャルロットは思わず、耳の端を熱くしてしまいました。


まァ、正直な人。

まるであなたは、生娘みたい。

私の手の中でこわばって、そのまま、なにかが弾《はじ》け散るのを待っているのね。

恋する者は、どうしてもその相手を贔屓目《ひいきめ》で見てしまう。

だから私も間違えたの。

気の毒なあなたは、エミールの浮気で悩んでいるのかと思ったの。でもあなたは、もう恋をしていた。私の指先が、あなたの恋心を感じ取っているもの。

恋に悩んであなたは初心《うぶ》。でも、あなたは恋を知らぬほどに初心ではなかったのね。

シャルロットは、危《あや》うさに身じろぎをいたしました。身にまとう貞潔《ていけつ》という鎧《よろい》を弾け散らす場所は、ここではないと思ったからでございます。

侯爵夫人は、軽く微笑《ほほえ》みました。

今日ではなくて明日の午後、ここへいらして。

侯爵夫人は、十六のお齢《とし》でヴェルチュルーズ侯爵領をご相続になりました。そうしてヴェルチュルーズの女侯爵《マルキーズ》となられた侯爵夫人は、美徳《ヴエルチユーズ》とは一文字違うお方でした。

ためらわずに、「ええ《ウイ》」とおっしゃって。

シャルロットは、ためらわずに「ええ《ウイ》」と答えました。

音楽の切れが、危うい想いに漂うシャルロットを、我に返しました。

羽音のような人声が、辺りには戻っております。ハバネラの踊り手に捧げられた、哀れな拍手さえも聞こえました。

娘やらなにやらを官能の踊りの中に送り出して、そうして、なにも知らぬままに喝采《かつさい》の手を叩く老人のような愚かなことだけは、死んでもすまいと思うシャルロットでございます。

目の前の男が、つかの間の手持ち無沙汰と、それをつくろいます愛想笑いを浮かべました。この男に手を取られ、それから、密《ひそ》やかな色事への段取りでもささやかれるのでございましょうか？　贋のアラビア商人は、エミールよりもわずかに若いほどの年の頃でございます。背丈の方も、エミールよりは低うございました。

シャルロットは、目の前の男を見ず、自分の飛び去るべき方を探しておりました。羽があればこそ、籠に閉じ込められる鳥でございましょう。飛び立つべき方があれば、飛び立つのは鳥――。

その時、新たな男の声がいたしました。

「よろしければマダム、お手をどうぞ」

贋のアラビア商人の向こうに立っておりましたのは、蛾のようなもつれ合いを見せておりました、見慣れた男でございます。

マダム・ボナストリューは、幾度となく口にした「ええ《ウィ》」を、今初めて口にするようにして、夫なる人に申しました。

「どこに行ってたんだ。ずっと君を探していたよ」

手慣れた様子でマダム・ボナストリューの手を取るムッシュー・ボナストリューには、なにも悪びれた様子はございません。

「これが、恋をしないという男の、声と様子か――」と思いますマダム・ボナストリューは、慌てず騒がず、こう尋ね返しました。

「あなたこそ、どこへ行ってらっしゃいましたの？　私は、ずっとあなたを探しておりましたのに」

その後は斉唱《ユニゾン》でございます。

「これだけ人が多いと、お互いに迷うはずだ」

ムッシュー・ボナストリューは声に出して、マダム・ボナストリューは声に出さずに、同じ言葉を連ねました。

倦《う》んだような弦《いと》が、またハバネラを奏《かな》でます。ムッシューとマダムは、慣れたはずの一対で、その踊りの中に入りました。その一組を探していた一組も、またございます。

「フィリップ！」

マダム・ボナストリューは、夫に腕を取られたまま、ためらわずにそう呼びました。

逞しく美しいアラビア奴隷の顔に、輝きが宿ったようでございました。

「あなた、ショーマレー中尉とナディーヌが、あちらに――」

シャルロットは、なにが訪れるのかも知らぬままに、そう申しました。

言葉につられ、ムッシュー・ボナストリューも、背後の人込みを振り返りました。

西の熱国の音楽は、もつれるような調べを奏でます。そしてシャルロットは、恋に悩む生娘同然の女をそこに見たのでございます。

シャルロットは、思わず踊りの輪を離れました。脚が、踊ることを拒みました。

エミールが後を追います。

追われてシャルロットは、振り切るようにして、ショーマレー中尉の腕の中に倒れ込みました。

「恋に悩むことがあれほど醜いなら、決して女は恋になど悩まぬはず――」

マダム・ボナストリューは、瞬時にして悟りました。

「妹《ナディーヌ》は、エミールに恋をしている……。しかも、醜いほどの深みにはまって……」

逞しい男奴隷の腕の中で、シャルロットは、恥ずかしいほどに息をつきました。

その肩を、中尉の腕が覆います。

ナディーヌは、なにも見ておりません。妻を追う義兄の姿を呼び寄せようと、ナディーヌは、姉の姿を隠しました。

「エミール、踊っていただけて？」

既に、面《おもて》を隠すことには慣れて、ナディーヌは十分に女優でした。

「フィリップ、踊っていただけて？」

シャルロットは、誰よりも頼りになる人の手を握ってささやきました。

太いバリトンの「ええ《ウィ》」が聞こえて、破滅は、震える弦《いと》に乗って訪れました。

第十五章

凍れる籠の鳥

恋――、それがつむじ風のように、すべてをなぎ倒すものだとは思いませんでした。

遠い空に舞い上がった細い一陣の煙と見えるものが、やがて広がり、空を覆い尽くして、すべてのものを打ち壊す。

侯爵夫人の館《やかた》の大広間でナディーヌの姿を見つけた時――それがつむじ風の予兆だったのでございましょう。荒れ狂う恋のつむじ風はすべてを暗くし、すべてを無残にもなぎ倒して行きました。ショーマレー中尉に腕を取られ、燦《きら》めく光の中で踊りますシャルロットの姿は、真実、道ならぬ恋に身を灼《や》くもののように見えましたでしょう。ですが、シャルロットは恋などいたしておりませんでした。

恋というのは恐ろしいもの。身を凍らせる極北の風。人の心を脅《おびや》かし震え上がらせる、冷たく荒涼とした冬の嵐。浮いてなまめかしい日盛りの花のような恋などというものがこの世にあるとは、到底シャルロットには思えませんでした。

ショーマレー中尉に手を取られ、人の心を浮き立たせる熱国の音楽に急《せ》きたてられ、シャルロットの体は震えておりました。足許《あしもと》から氷のような冷気が這《は》い上がってまいります。「見るな」と我が身に言い聞かせて、でもシャルロットは、ナディーヌを振り返らずにいられませんでした。

ナディーヌはシャルロットを見ません。いかなるものも、ナディーヌは見ません。浮かれて、はしゃいで、我が身をそのように見せかけて、ナディーヌはただ一人、シャルロットの夫ばかりを見つめておりました。

ナディーヌは、エミールの許を離れません。ナディーヌの目がなにを追っていようとも、ナディーヌの心がエミール一人を見つめ続けていることだけは、明らかでございました。浅ましい幸福。世の一切を遮断する恋の熱。見えるはずのない、形のないものが、シャルロットにははっきりと見えました。そのようなものが目に見えることを嫌悪しながら、シャルロットは、でもまじまじと、その見えるはずもない熱を見ておりました。

夫と、見知らぬ女との情事を覗《のぞ》き見た時には感じもしなかったものが、シャルロットの胸の中にございました。熱くて強くて冷たくて危《あや》うい憤《いか》り。それがシャルロットの胸の中で、音を立てて燃えておりました。

荒涼として凍《い》てついた風が吹きつけて来るのなら、人は、いやでもその身を奮《ふる》い立たさねばなりません。ですけれども、胸の炎ばかりは燃えて、シャルロットの体は凍えて震える氷のようでございました。

「どうかなさいましたか？」

ショーマレー中尉の菫《すみれ》色の瞳が、訝《いぶか》しむようにしてシャルロットを覗きました。

ショーマレー中尉はまだなにも知りません。いたわるのではなく、訝しむように覗きます。シャルロットには、その美しい瞳が憎うございました。まるで作り物のガラス細工のような瞳に覗き込まれて、シャルロットは、見られたくないものを見られてしまった時のような、強い憤《いか》りを感じました。

なにを見られているのか分からない戸惑い。見られるべきはずもないものが、唐突に我が身の内に生まれ出てしまった困惑。そして、それが今の時に始まったのではないという、堪《た》えがたい思い――。

夏の夜は、白々と明けて行きました。

夜の中で濃い色と深い輝きを見せていたものが、すべて虚《むな》しい嘘となり変わりますような、白々明けでございました。

ブーローニュの森のはずれのお屋敷には、まるで夢遊病者のように足音を立てずに歩きます召使い達がおりました。誰も彼も、眠い目をこすりながら、一家の主人《あるじ》達の帰還を迎えました。明けた空の下にありながら、まだ濃い夜のわだかまりを残す我が家。住み慣れたはずの我が家が、まるで魔性のものの棲む館のように思われました。

シャルロットは、アンヌの部屋の扉を叩きました。幼い我が子の顔を見て、落ち着こうと思ったのでございます。

部屋着を引っかけた乳母《うば》のマリーが、眠い目をこすりながら扉を開けました。

「少し顔を見たくなったの」と言いながら、いまだアラビアの装いを脱ぎ捨てないままのシャルロットは、それが嘘だと思いました。この家の中に身の置きどころのない我が身を、どのようにしたらよいのかと思って、ただ幼な子の部屋へ逃げ込んだだけでございます。

「おやすみ」

そう言ってシャルロットは、目を開けぬ我が子と、起きたがらぬ乳母のいる部屋を離れました。

帷《い》を下ろした女主人《マダム》の部屋には、明かりがともっておりました。早々に下がって眠りたいと思う小《こ》間《ま》使《づか》いのポーレットが、シャルロットの着替えを待っておりました。

「まだ夜は終わっていない」
凶々《まがまが》しいばかりに美しい「籠の鳥」の装いを脱ぎ捨てながら、シャルロットの思いますことは、それればかりでございます。

夜のまだ終わらぬ内に、すべてを包み込んでくれる眠りの中に逃げ込みたい。そう我が身に言い聞かせるシャルロットもおります。ですが、そのシャルロットの中には、もう一人のシャルロットも住まっておりました。

もう一人のシャルロットは、ひそやかにつぶやきます。結い上げた髪を崩し、その髪を小間使いの手にゆだねながら、「夜の終わらぬ内に、この夜の終わらぬ内に——」とつぶやきます。

この夜の終わらぬ内に、一体シャルロットはなにをしようというのでしょう？　それはシャルロットにも分かりません。ただ、小間使いの動かすブラシが、そのようにシャルロットを急きたてるのでございます。

お召し替えを終えた女主人の部屋の扉を、静かに叩く音がございました。

ポーレットは、静かにブラシを置きます。「静かに、静かに」と謀《はか》られた、その音の端々が、女主人の耳の奥をうずかせました。

部屋の中に、濃い葉巻の匂いが漂います。女主人の夜を訪ねた、この家の主人《あるじ》でございます。

「どうだった？　お疲れかな？」

ムッシュー・ボナストリューが申します。シャルロットは手を振って、眠りたがっているポーレットを下がらせました。

すすめられるまでもなく、ムッシュー・ボナストリューは、椅子に腰を下ろします。安らかな夜の香水で満たされた女の部屋の中に強い葉巻の匂いが割り込んで、それは紛れもなく〝男〟の匂いでございました。

「たまには舞踏会も悪くないだろう？」

鏡の中のムッシュー・ボナストリューは、あらぬ方を見ておっしゃいます。それが、夜を求めることの方のご作法でございました。

「今日のあなたはきれいだった。結構、人の注目も集めていたのではないのかね？　これからも時々は、ああして人の中へ出て行かれるのはいいことだと思うよ」

ムッシュー・ボナストリューの片手の先は、椅子の端を軽く叩いております。我知らずなさることでございましょうが、それがマダム・ボナストリューには、なんとも浅ましいことのように思えました。

「あの女を抱いた後で、私をお求めになる。あの浅ましい女の匂いを肌に残したままで、この私をお求めになる！」

そう思えば、シャルロットの体は震えます。思わず向き直って、そしてシャルロットは、そのまま言葉を失いました。

あの、侯爵夫人の館の隠し部屋の様子がありありと思い起こせます。誰かが、この部屋を覗いているのかもしれないと思います――「私達もまた、逃れられない壜《びん》の中に閉じ込められた二匹の蛾でしかないようなものなのだろうか」と。

「お出になって」

シャルロットは申しました。

ここを「我が家」とお心得になっているムッシュー・ボナストリューは、ただ「うん？」と尋ね返されるばかりでございます。

「疲れております。お出になって」

立ち上がったシャルロットは、湧《わ》き上がるものを抑えて、そう申しました。

葉巻を揉《も》み消すばかりの沈黙がございます。そして、ただ「そうか」と仰《おお》せになったムッシュー・ボナストリューは、立ち上がります。「おやすみ」のキスをするためのムッシュー・ボナストリューの唇が近づいて、その葉巻の匂いをよけるために、マダム・ボナストリューは顔をそむけました。

「どうした？」

マダム・ボナストリューはなにも申しません。ただお義理の口づけだけが頬を通り過ぎて、部屋の扉を開けたムッシュー・ボナストリューに、マダム・ボナストリューは申しました。

「どちらへおいでになりますの？」

「どこ？　自分の部屋だよ」

「ナディーヌの部屋には、おいでにならないで」

シャルロットは、そう申しました。

「なに？」

「ナディーヌの部屋には、お越しにならないで――」

沈黙がございます。

「なにを言ってるんだ、君は」

シャルロットは、ただ繰り返すばかりでございます。

「ナディーヌの部屋には行かないで下さい」

ムッシュー・ボナストリューは、黙って扉を閉めました。

シャルロットの目の前には、部屋着をつけた女主人の姿を淡く幽霊《ファントーム》のように映し出します、大きな樫《かし》の扉ばかりがございました。

「この夜が終わらぬ内に、この胸の中に蟠《わだかま》った重いしこりばかりは——」

そう思うシャルロットは、磨き上げられた樫の扉と向かい合ったままでおりました。

辺りはしんとしております。鳥の声さえも、聞こえぬものと思えます。

「この扉の向こうにはなにがあるのか」

女主人は思いました。そして、まだ消えやらぬ夜の闇を求めて、女主人は、樫の扉を開けました。

東雲《しののめ》の冷気は、館の廊下から音を奪っております。

部屋着姿のシャルロットは、そっと廊下を歩み始めました。常夜灯《じょうやとう》の明かりばかりが点ります廊下には、人の気配がございません。両側に立ち並ぶ扉の向こうにも、人の気配はございません。

シャルロットは、ナディーヌの部屋の扉の前に立ちました。シャルロットの体を支えますのは、足音を奪う絨毯《じゅうたん》ばかりでございます。

厚い樫の扉に、シャルロットは、そっと耳を寄せました。

かすかに、蓄音器《フォノグラフ》から流れ出る音楽が聞こえます。かすかな音でございます。なんの曲とも分かりません。ただ、音楽ばかりが聞こえました。

まだナディーヌは寝ずにおりますのでございましょう。扉の向こうに、蓄音器《フォノグラフ》に合わせて鼻歌を唄う、ナディーヌの姿が見えるようでございました。

素晴らしい舞踏会、素晴らしい人達。その華やかな夜会《やかい》の雰囲気が、まだナディーヌを眠らせずにいるのでございましょう。

「まだ子供——」

そうシャルロットは思いました。

でもシャルロットは、そのナディーヌの部屋の前を離れることが出来ません。

「ナディーヌ……、ナディーヌ……」

声に出さずに、シャルロットは呼びかけました。扉の向こうにいるのは妹。その妹は、なにを見ていたのだろう――そうシャルロットは思いました。


「私は結婚なんていや！」

ナディーヌは、そう申しました。

「一生をリキュールの瓶《びん》の中で暮らすのなんていや！」

そうもナディーヌは申しました。

「私はマルメロなんて大ッ嫌い！　一生リキュールの中で暮らすんだわ！　味もなんにもなくて、ただ固いだけのマルメロが、リキュールの中で飴《あめ》色になって萎《しお》れていくの」

そう言っていたナディーヌは、この家の中でなにを見ていたのでございましょう。


結婚とは、愛情でするものではない。結婚とは、するものであって、ただ続けるもの。「そんな言葉を知ったナディーヌは、どんな思いで私達のことを見ていたのだろう」――そう思うと、シャルロットは気が遠くなりそうでございました。

「エミールがそう言っていた……。エミールはそう思って、それをそのままナディーヌに言った……」

そう思った時、シャルロットの平衡が崩れました。

「結婚とは、愛情でするものではない。結婚とはするものであって、ただ続けるだけのものだ」――それを言う夫の顔が浮かびました。

「それをあの人は、笑いながら言った――」

なぜかは知らず、シャルロットはそう直感いたしました。

そしてそう思った時、熱い迸《ほとばし》りが喉から溢《あふ》れ出しました。

「エミール!!」

シャルロットはそう絶叫して、そのままその場に倒れ込んでしまいました。

その余韻が、館の扉の一々を叩きましたことは、言うまでもございません。

第十六章

美徳《ヴェルチューズ》とは一文字ちがう侯爵夫人

「まァ」

そう仰《おお》せになりましたのは、侯爵夫人でございます。

「結婚というものは、するものであって、ただ続けるだけのものであって、愛情でするものではない、と。それはそうだけれど、でもまた、ずいぶんと愛情のない表現ね」

またの一夜を過ごしました後のヴェルチュルーズ館の居間には、もうアラビアの喧騒《けんそう》も、きわどい官能のたゆたいもございません。ただ、この世紀《シエクル》の穏やかな午後の光が差し込みますばかりでございます。

「それを、エミールが言った、というのね？」

訪れたシャルロットの手を取ってお話しになりますヴェルチュルーズ侯爵夫人の唇には、たいそう艶《あで》やかな笑《え》みが浮かんでおりました。

「エミールが言って、それをあのお転婆《てんば》さんが、そのままあなたに言った」

シャルロットは、「ええ」とうなずきますばかりでございます。

「それなら、話は簡単よ。無頓着《ノンシャラン》な浮気男が、蓮っ葉《はすっぱ》娘の手前、あなたとのことを、少し気取って言ったの。なにも、あなたが聞く必要はないことよ。〝僕は、君の方をずっと愛している〟――まァ、いやらしいこと。あなたには関係のないことで、それを、あのお転婆さんが嫉妬をして、あなたにつまらない告げ口をしたの。それだけのことでしょう」

「ですが奥様、私はそれを聞きました。それを聞いて、私は傷つきました」

「他人行儀はやめて。私のことはジュヌヴィエーヴと呼んで、可愛い人《マ・シエリー》」

「畏《おそ》れ多いことでございますわ」

艶やかな笑みを浮かべておいででした侯爵夫人のお顔には、「さてさて」という困惑のお色も浮かんでまいりましたが、それは「なにもそれほどに思い悩むこともなかろうに」という、シャルロットをいたわる思《おぼ》し召しばかりではないようでございました。

侯爵夫人のお掌《て》の内にございました白い指を引き取りまして、シャルロットは、浮いた様子とは無縁の顔つきで申しました。

「聞かぬともいいことを聞いて、私は夫の胸の内を知ってしまいました。知らぬなら、知らぬままでようございました。ですが私は、もう知ってしまっているのでございます。その初めは、なにを思ってそのようなことを言うのだろうかと、妹の胸の内を推《お》し量《はか》りました。そしてそれから、ナディーヌとの間にそれを言ったと申します夫の胸の内を、ただ訝《いぶか》しく思いました。私は、夫とナディーヌとの間に忌まわしいことがあったなどとは、夢にも思っておりませんでしたものですから」

「なんという鈍いお人だろう」という驚きのお色が、侯爵夫人のお顔に上がります。それも、長年の色事でしたたかになっておいでのお方ならではのことでございましょう。

シャルロットは申します。

「たとえ戯れにでもせよ、夫は、この結婚に〝愛情がない〟と申しました。夫は、私のことを、なんとも思ってはおりません。それでしたら、私は一体なんのために、夫のそばにおりますのでございましょう？　この年月の間、私が夫のために、エミールのためにと思ってしてきたことは、一体なんだったのでございましょう？」

「それであなたは、〝傷ついた〟とおっしゃるの？」

「はい」

シャルロットの両の目には、うっすらと涙さえにじんでおりました。

侯爵夫人は、お顔の色を少しもお変えにならず、まるで、お召し物の布地の検分をなさいますようなご様子でおっしゃいました。

「それであなたは、離婚をなさるとおっしゃるの？」

事の意外さに、シャルロットは、息を呑むばかりでございます。

侯爵夫人は仰せになります。

「このフランスで、離婚は簡単なことよ。二年前に共和国政府は、そのような法律を作りました。あなたもご存じでしょう？　ご存じではないの？」

知るも知らぬもございません。「侯爵夫人は、なぜにそのようなことをおっしゃるのだろう？」と思いますシャルロットは、それをお口になさるお方の真意を探りますことで、精一杯でございました。

「別居をなされればいい。そうすれば、離婚は簡単に出来ます。三年の間別居を続ければ、あなたとエミールは離婚が出来る――そのように、共和国政府は段取りを整えてくれたの。男女の間は、神の前で結ばれて、その神への憚《はばか》りゆえに、一度結ばれたが最後、ほどかれることはなかった。でも、合理性をたっとぶ共和国政府は、その神への誓いを、いともあっさりと覆《くつがえ》してしまった。きっと、共和国政府には、〝ただ続けるだけの結婚〟にうんざりしている男達が、山のようにいるのだわ。あなたが、それをなさってもいいのよ」

「ですが、奥様――」

あまりのことに、シャルロットは哀訴《あいそ》をいたします。すると、侯爵夫人のお顔の上には、また新たなる笑みが浮かぶのです。

それは、艶やかな微笑《ほほえ》みではございません。ともすれば厳《おごそ》かにもなりかねない、その場の雰囲気をやわらげるための、皮肉に近いような微笑みでございました。

「私は、なにもあなたに、離婚をせよと申し上げているのではないの。私はただ、あなたが結婚というものに対して、いささかの考え違いをなさっておいでだと思うから、〝それならば、さっさと離婚をお考えになったら〟と、そのように申しましたの」

侯爵夫人の唇は、その端を不思議な微笑の形に保ったまま、午後の光の中で動きを止めておりました。

「考え違い、と仰せになりますのは？」

シャルロットは、おそるおそるに申しました。

「あなたは、どなたと結婚をなさったの？」

侯爵夫人の目は、ピタッとシャルロットに向けられて、それはそのまま、シャルロットの胸の奥にまで突き抜けるようでございました。

「おっしゃらなくても分かっているわ。あなたは、エミール・ボナストリューと結婚をした。でも、あなたは考え違いをしている。もちろん、男がいなければ、女はいかなる結婚も出来ませんよ。でも、男と結婚をして、女は、いかなる男とも結婚をしないの。お分かり？　なぜかと言えば、女にとっての結婚は、〝自分自身の結婚〟というものだけだから」

侯爵夫人のお言葉は、不思議な形で、シャルロットの胸を掻き回してしまいます。

「あなたは、どなたと結婚をしているの？」

「エミール・ボナストリューでございます」

シャルロットは、一語一語を噛みしめるようにして申しました。

それはまるで、自分自身の口から出ます言葉が嘘にならぬようにと気づかって、その言葉の真贋《しんがん》を一つ一つ確かめているようでもございました。

「そう。ではあなたは、エミールをどれくらい愛しているの？　愛情のない結婚はいやだ、傷ついたとおっしゃって、あなたはどれくらい、そのエミールを愛しているのかしら？」

それはシャルロットにとって、大いなる驚きでございました。

自分の口から、言葉というものが一向に出てまいりません。まるで、中世の火刑法廷で裁かれる女が、口に漏斗《ろうと》をくわえさせられ、いつまでも際限のない量の水をむりやりに飲まされる責めにかけられているようでもございました。

答えられるはずの言葉が、自分の口からは出て来ない。それが、シャルロットを愕然《がくぜん》とさせました。でも、侯爵夫人はお笑いになりません。お背中をすっとお伸ばしになって、まるでこの世の哲理を説かれるように、厳かに仰せになります。

「エミールと、あのお転婆さんとの間に何事もなかったら、何事もないとあなたが思っていたら、あなたはきっと、こうおっしゃっていたわ。〝私は、エミールをとても愛しております〟――それが、結婚というものよ。夫が、自分以外の女に心を傾けた――それを知っても、結婚をしている女なら、〝夫を愛してはいません〟などとは言いません。〝愛している〟とも言いません。〝夫は、私を愛すべきだ〟と思って、怒るの。結婚というものは、そういうもの。愛すべき立場にあるのは、いつでも夫だけなの。女は、〝愛しています〟という言葉を、まるで役に立たなくなった古証文をいつまでも机の抽き出しに入れて取っておくように、大事にしまって、いざという時になったら、〝ほら、ご覧なさい〟と、ちらつかせるの。結婚というものは、そういうものなのよ」

そうして、侯爵夫人の長い昔語りが始まったのでございます。

私の死んだ夫は、私よりも三十二年上でした。もちろん私は、夫のことを一度も愛したことはありません。愛という言葉は、必要ではありません。愛というものは、神の前で結婚を誓う式の時に口にされるもので、それを終えた夫婦の間に、愛という言葉は、必要ではありません。〝愛する〟という行為がたまさかあって、夫婦であるということ自体が愛なのですから、夫婦の間にそれ以上の愛は必要ありません。それが、結婚というものです。今の人は違うのかもしれない。でも、時代遅れになってしまった私達貴族にとって、結婚というものは、そのようなものでした。だから、離婚などということは、考えてみたこともない。それこそが、夫婦であることを続ける、「結婚」という愛に対する冒瀆《ぼうとく》なのです。

さすがに、王というものを追い払ってしまった共和国政府のやり方は違ったものね。さっさと、私達貴族のやり方を時代遅れに変えてしまった。王がいないこの国で、ただ貴族だけがいる――その矛盾はまるで、結婚と愛との矛盾をそのままに語っているようだわ。

いい、シャルロット。結婚というのは、それ自体が愛なの。だから、結婚にとって、愛というものは、なんの意味もないものなの。あなたはエミールを愛して結婚をしたの? 違うでしょう? エミールに結婚を申し込まれて、それを、あなたのお父様がお受けになったから、あなたは、エミールと結婚をした。結婚の約束は、男と男がするもので、女とは関係がないの。女はただ結婚の前に、〝この男と一生を添い遂げられるか〟と考えるだけ——その決意が、女にとっての愛なの。

その決意がおだやかですめば、その男は愛しやすい男。その決意がつらければ、結婚という愛の負担は、女にばかり一方的にかかってくる。それだけのこと。女は、〝自分自身の結婚〟というものを目の前にして、それを受け入れるかどうかの逡巡《しゅんじゅん》をするの。女は、〝自分自身の結婚〟とだけ結婚をして、女の結婚相手は、それ以外にないの。

だから、気の利いた人なら、結婚の前に教えてくれるわ。〝恋というものをまだしたことがなかったら、それは、結婚をしてからのお楽しみにすればいい。女は、恋というものをするために、どうでもいい男と一緒になって、結婚というものをするのだから〟と。私はそれを、叔母から教えられたの。だから、三十二歳も年上の老人と、平気で結婚が出来たの。私が結婚をした時、私はまだ十六歳でした。

その時の私に、恋のお相手がいたわけではないの。ただ、世界は恋の相手に満ち満ちているものだと思ったの。それなのに、どうしてこんな老人と、よりによっての結婚をさせられなければいけないのかと思ったわ。それが不満で、その私の不満を、年の数よりも恋の数の方が多いと言われていた叔母の言葉が、救ってくれたの。

だから私は、夫のことを一度も愛したことがありません。〝愛している〟と思ったこともありません。嫌悪や憎悪を表立てないで生きて行くことが、私達貴族のあり方ですから、それは、なんの造作《ぞうさ》もないことでした。

でも私は、たった一度だけ、夫のことを愛しているのだと思ったことがあったわ。

それは、夫が私よりも若い女にうつつをぬかした時のこと。

なにしろ、私の夫は私よりもずっと年上でしたからね。それで私は、世界中の誰よりも若くて美しい女だと、自惚《うぬぼ》れていられたの。ところがその夫が、私よりも若い女を愛していたの。結婚をしてから、もう十年以上がたっていたわ。私はなんだか、とても腹が立ったの。

私は、自分が年を取ったなんて、ちっとも思っていなかった。それなのに、どうして腹が立つのだろうと思って、びっくりしてしまった。その理由は、なんと、私が夫を愛していたからなのね。

愛しているから憎むんだわ。愛していなかったら、なんとも思わない。でも、私より若い、とてもつまらない女に夢中になっている愚かな夫を見て、私はとても腹が立ったの。私はとても、夫を憎んだの。そして、そう思う自分に呆《あき》れたの。〝まァ、私は夫を憎んでいるわ〟と思って。

私も、当たり前の人間だったの。だから、驚いてしまった。結婚して十年もたてば、ちゃんと自分の結婚相手を、結婚相手として愛するようになっているのだなと思って。

それで、世の中には、結婚に退屈する人達がいくらでもいるのよ。愛がそんなものだったら、ちっともおもしろくないもの。

だからこそ世の中の多くの人は、結婚をしていられるの。それが愛だったら、とても楽ですものね。

結婚というものは、そういうものなの。それはもう、大昔から決まっているの。それをわざわざ仔細《しさい》らしく、なにが、〝結婚というものは、するものであって、ただ続けるだけのものであって、愛情でするものではない〟なんてことを言うのかしら――あの坊やは。

ヴェルチュルーズ侯爵夫人の目の前にございましたものは、熱い野心に身をたぎらせております、エミール・ボナストリューという名の一人の若者の姿でございましたのでしょう。ですが、シャルロットは、ムッシュー・ボナストリューという、一人の分別ある紳士を存じているだけでございました。

「あの坊やが、いつの間にそんなにご大層な口をきくようになったか」と、侯爵夫人は思し召されました。そして、その侯爵夫人のお耳に、若い女のかぼそい声が聞こえたのです。

「私は、エミールを愛しております」

第十七章

迷宮に昇る夜の太陽、そして貞淑の月

白いレースの手巾《ムショワール》を握りしめて、シャルロットは申しました。

「私は、夫との生活を愛しておりますし、今となりましては、夫も愛しております。ただ今のお話を承《うけたまわ》りまして、そのことがよく分かりました。ですが――」

ためらいがちに話を続けますシャルロットの衣装《ローブ》が、わずかばかり鳴りました。

シャルロットは申します。

「私は、あの家へ戻りますのがいやでございます」

侯爵夫人の衣装《ローブ》のお裾《すそ》が大きく鳴って、その後に「なぜ？」というお声が続きました。

問われて、シャルロットは手巾《ムショワール》を握りしめたままでございました。侯爵夫人は、その手をやさしくお取りになります。

「わけをおっしゃい」

お若くてお美しくていらっしゃいましても、侯爵夫人のお年は、シャルロットの亡くなりました母親、あるいはそれ以上のものでございます。侯爵夫人に手を取られたシャルロットは、つかの間、幼な子のようにもなりました。

シャルロットは、すがるように侯爵夫人のお顔を見つめます。侯爵夫人の細いお手の指が、シャルロットのふくよかな掌《たなそこ》をそっと押しました。

「遠慮をせずと、なんでもおっしゃい」

侯爵夫人のお指の先は、そう仰《おお》せられているようでございました。

「私は、エミールを愛しております。ですけれども――」

シャルロットの申しますことは、変わらずに同じことばかりでございます。

「お宅がこわくていらっしゃるの？」

侯爵夫人のお言葉に、シャルロットは小さくうなずきました。

「お宅においでの、あの恋敵がこわくていらっしゃる？」

シャルロットは、思いきったように大きくうなずきました。

妻となり、母となりましても、シャルロットは、まだ人の心の波立ちの激しさとは、無縁の女でございました。「愛する《アムール》」を口にすることが出来ましても、まだ「憎む《エイール》」を申しますことは出来ませんでした。その潔癖な処女《おとめ》のような美しさが、侯爵夫人には、大層好ましいものと思われたのでございます。

「妹を憎む、などということをしてもよろしいのでございましょうか？」

侯爵夫人のお手が、シャルロットの指先を励ますように叩きました。侯爵夫人のお召し物の裳裾《もすそ》が大きく鳴って、シャルロットには、寄り添うようにして囁《ささや》かれる侯爵夫人のお言葉が、大層に待ち遠しいものと思えました。

「憎むことを恐れる必要はないの。可愛い人《マ・シエリー》。愛というものは、大きく揺れるの。大きく揺れて、その愛が激しければ激しいほど、揺れた愛の針先は、憎悪という境界を指し示すことになるの。なにも憎悪を恐れる必要はないわ。愛と憎悪は、同じものだもの」

「ですけれども奥様、私は、ナディーヌを愛しております」

「憎む《エィール》」を口にしたいシャルロットは、その言い訳に、「愛する《アムール》」と申しました。

侯爵夫人は、シャルロットの耳許に囁きます。

「口先で〝愛する《アムール》〟を言っても、それだけではどうにもならないことはあるのよ」

ですけれども、シャルロットはなにも聞いてはおりません。

「ナディーヌは、私を見ておりました。私とエミールとの暮らしぶりを見ておりました。時折あの子が投げかけます目差《まなざ》しの激しさが、今となってはよく分かります。あの子は、私達の仲をじっと見ておりました。私は、それが恐ろしゅうございます。なにも知らぬまま見られて、あの子は、なにを思っておりましたのでしょう。ただの子供と思っておりましたナディーヌが、なにを考えておりましたのか、私は、それを知るのが怖《こお》うございます」

心の波立ちをそのままにいたしますシャルロットに、侯爵夫人はおっしゃいました。

「それならば、ここにいらっしゃい。家へ帰るのがこわいとおっしゃる。それならばここにおいでになればいい。簡単なことよ」

シャルロットは、あっけにとられるばかりでございます。

「あなたは、あのお転婆《てんば》さんを愛しているとおっしゃる。あちらでも、きっと同じことを言うわ。あなたは妹を愛していて、夫も愛していて、あなたの夫のエミールもあなたを愛していて、あなたの妹を愛している。あなたの妹も、あなたを愛して、エミールを愛している。誰も彼も〝愛している〟ばかりを口にして、燃え盛る愛の竈《かまど》にかけられたスープ鍋は、きっと焦げついてしまうわ。あなたはここにいればよろしいのよ。そうすれば、きっとあちらでなんとかしてくれるわ」

「そうでございましょうか？」

「するしかないでしょう。あなたはよい子ぶって、恐ろしい嫉妬の形相《ぎょうそう》を人に見られたくないと思っている。〝ナディーヌがこわい〟と言って、あなたはその実、自分の恐ろしい顔をエミールに見られるのがこわいの。だからあなたは、エミールになにも言わない。妹にもなにも言わないまま、荒れた波風がどこかへ去ってくれることばかりを願っている。でも、これだけは忘れないで。男は狡《ずる》いのよ」

シャルロットには、侯爵夫人のお言葉が分かりかねました。

「お分かりではないの？　あなたがなにも言わなければ、あなたの家内《いえうち》ではなにもないことになるの。問題は、なにもないの。あなたとエミールの仲もそのまま。エミールと、あのお嬢ちゃんの仲もそのまま。それをあなたはお望み？」

「いえ、私は――」

「それならば、なにかをはっきりさせなければ。〝気がついた〟ということをはっきりさせなければ、なにも変わりはしませんよ」

「ですけれども、私は、なにをどうすればよろしいのでしょうか？」

「ここにいらっしゃればいい。あなたがいなくなって困れば、エミールはあなたを探しにやって来る。あなたがいなくなって、〝しめたもの〟とあの子が思えば、そのままになる。そのままになって、でもどうかしら？」

「どう、と仰《おお》されますと？」

「ナディーヌには婚約者がおいでね？　あの美しい中尉さんと、ナディーヌは結婚をするのでしょう？　若い女の一本気が煩《わずら》わしくなったエミールは、これ幸いと、別口の婚約者《フィアンセ》を探し出して来た。あなたの留守にナディーヌとエミールがよろしくやっても、もうナディーヌには婚約者がいるの。そうそうエミールの思い通りにはならない。世間体《せけんてい》というものもありますしね」

「世間体、でございますか？」

「そう、妻に逃げられた男が、既に結婚相手の決まった妻の妹と、妻の留守中によろしくやっているなんて、きっと世間体が悪いわ」

「私が、家を出ますことは？」

シャルロットは、おずおずと尋ねました。

「たとえあなたが家を出たとして、誰がそのことを知るの？　奥方が家にいないなどということは、このパリでは日常茶飯事《にちじょうさはんじ》よ。〝妻は家出中でございます〟などと、一々正直に吹聴《ふいちょう》して回る男など一人もいないわ。エミールの家の中になにが起こっても、エミールはなにも言わない。一家の主人《あるじ》はなにも言わないけれど、知っている人は誰でも皆知っているの。知っていて黙っている――それが社交界の作法。知らぬままの人は知らぬまま――それが社交界の仲間はずれ。家内《いえうち》の不祥事《ふしょうじ》を知ったまま、一家の主人がそれをどう収めるかを、社交界というものは黙って冷たく見ているの。エミールは、そのことをよく知っているわ」

「それで私は？」

「ここにおいでなさい」

「それでよろしいのでしょうか？」

「あなたは、お宅へ帰るのがこわいのでしょう？」

「はい」

「だったらここにいて、エミールが迎えに来るのをお待ちなさい」

「エミールは、参りますでしょうか?」

「だって、それしかないもの。エミールは来る。ナディーヌは嫁に行く。あなたは帰る。そしてそれから先は、誰も〝愛する《アムール》〟という言葉を使わなくなる。平和というものは、そうして訪れるものなのよ」

シャルロットには、もうなにも言えません。侯爵夫人のお体のぬくもりが、肌身にじかに感じられるだけでございました。

「ここにおいでなさい」

侯爵夫人が仰せになりました。

「よろしいのでしょうか?」

シャルロットは我が身に問うようにして申します。

「よろしくてよ」

侯爵夫人の囁きは、まるで勝ち誇った者の高笑いのようにも聞こえました。


シャルロットは目を伏せます。見るものは、手巾《ムショワール》を手にした自身の白い指先ばかりでございます。エミールの顔も、ナディーヌの顔も、シャルロットの目の前には浮かびません。そして、なにかをふっと思い切ろうとしたその瞬間、菫《すみれ》色の瞳をしたショーマレー中尉の美しい面影が、目交《まなか》いに浮かびました。

嵐はいつか去るのでしょう。もつれ合った人の心の激しい嵐が去った後、その物静かで美しい人も去っていくのだと、シャルロットは理解をいたしました。

やがてエミールは迎えに来る。ナディーヌはショーマレー中尉と結婚をする。そして、誰も「愛する《アムール》」という言葉を使わなくなる。シャルロットには、侯爵夫人の仰せがよく分かりました。なんという静かな嵐の後。その時にはきっと、心の内に大きな洞《うろ》が出来ていることでしょう。シャルロットには、それがよく分かりました。エミールが来て、ショーマレー中尉は去る――「愛する」という言葉も、その時には去る。それを分かることが、シャルロットにはつらくございました。

「奥様――」

白いうなじを撫でられながら、シャルロットはひとりごとのように申しました。

「私はオペラ座へ行かなければなりません。明後日《あさって》の夜には、私とエミールと、ナディーヌとショーマレー中尉の四人とで、あのロシアバレエ団の特別公演《ガラ》にまいりますことになっておりました」

ほんのりと染まった桜貝のような耳たぶに、侯爵夫人の桜桃《スリーズ》のような唇が触れて、吐息《といき》のような声が洩れました。

「私と行けばいいの。あなたは、私と一緒にオペラ座の桟敷《さじき》に座ればいいの。そうすれば、なにが起こったか、分かる人には分かるようになるのだから」

シャルロットは白い喉の奥で「はい」とつぶやいて、忍び寄る侯爵夫人の白い指を、なにも分からぬままに握りました。

聖母マリアの貞淑の月が終わった日の夜空に輝いておりました満月は、ゆっくりと欠けていきます。六月のその夜空には、不思議な歪《いびつ》を見せた肌色の月が輝き、そのまわりを乳色の靄《もや》が取り巻いておりました。

夏の温気《うんき》はゆっくりとパリの街に近づいて、寝静まる人は静かに寝静まるだけの夜でございます。

シャルロットは帰りません。ブーローニュの森のはずれにある館では、乙女のまま長い年月を過ごされたアンリエット叔母様だけが、甲高い不審のつぶやきを洩らしておりましたが、人の世の密事《みそかごと》というものを知ります人達は、なにも知らぬまま、なにも申しませんでした。

夜が訪れれば朝が来て、朝が来れば夜がまいります。

その二日後、高いオペラ座のドームの頂《いただ》きに飾られました彫像の上には、晩《おそ》い夜が訪れておりました。

夏の夜の訪れは、菫色でございます。オペラ座広場を、順々に埋めて行く自動車《ヴォワチユール》と馬車。石畳を打つ馬の蹄《ひづめ》が、前《さき》の世紀《シエクル》の懐《ゆか》しさを伝えます。敷き延べられた絨緞《じゆうたん》の紅《くれない》は、いつの世にも変わらぬものでございましょう。訪れ始めた夜の中にそびえ立つオペラ座、あるいは、オペラ座の上にそびえ立つ夜。官能の響きを包み込む夜の下で、着飾った人々が腕を取り、腕を取られて、白い石造りの舞踏《ラ・ダンス》の彫像が招き寄せる正面《ファサード》に吸い込まれて行きました。

広大なる地下の湖の上にそびえ立つ、絢爛《けんらん》たる洞窟――オペラ座。その年の暮には、パリ中の人々がガストン・ルルーの書いた『オペラ座の怪人』という小説を読んで、そのように思うことにもなります。地底の湖には、どのような水音が響きますのか。人はまだ、オペラ座の天井の高さにばかり心を奪われて、地底の湖のひそやかな波音になど耳を傾けようともいたしておりませんでした。

やがて始まるバレエの華麗さを予期する人々のささやきばかりが、きらめく色石造りの天井にこだましておりました。胸のざわめきばかりが、聞こえぬ地の底の水音でございます。

正面《ファサード》を抜けたヴェルチュルーズ侯爵夫人のお姿が大階段の下に現れた時、そこは煌々《こうこう》たる光がさしつけられたようでもございました。

セルゲイ・ディアギレフの率いるロシアバレエ団のために盛大なる夜会を催された、社交界の女王。

夜の中に輝く太陽のようなその人のかたわらには、照り輝く美しい月のような、シャルロットの姿がございました。

侯爵夫人を迎え入れる喚声が、大理石の大階段をつっと上って行きます。その声に振り返りましたのは、ムッシュー・ボナストリューに先導された、ナディーヌ・マルヴジョル嬢と、そのお伴《エスコルト》のフィリップ・ショーマレー中尉の一行でございました。

光り輝く鈴蘭《すずらん》のような明かりに照らし出される三人の姿を、シャルロットは、はっきりと見ました。まだなにも知らぬボナストリュー家の一行は、ただ、大階段の下を見下ろすばかりでございます。侯爵夫人を迎え入れるため、一行の足は止まりました。そして、せり上がって来る巨大な輝きの前で、大階段を行く人々は道を明けました。美しい太陽と月が、人波を押し開くようにして上ってまいります。

ナディーヌは、息を呑みました。ムッシュー・ボナストリューは、声にならない声を出しました。臈《ろう》たけて、別人のような美しさを見せるシャルロットが、侯爵夫人の後から大階段を上って来るからです。

シャルロットの口許に、艶然《えんぜん》たる笑みが浮かびました。

第十八章
深紅の胎内

白い大理石の大階段に敷き延べられました深紅の絨緞《じゅうたん》は、桟敷《バルコン》へ向かいます人の足音を、一つ一つ丁寧《ていねい》に拭《ぬぐ》い取ります。なごやかな人の息遣いと、咲き匂う春の花園に乱れ飛ぶ蜜蜂の羽音のような衣《きぬ》ずれの音が、華麗なるオペラ座の円天井《まるてんじょう》へゆるゆると吸い上げられて行きます。

そこに、風が運ぶような声がございました。

「まァ、どちらへおいでかと思ったら、サッフォーの女官長におなりだったのね」

それは、忍びやかで聞こえよがしの声でございました。

風になびく花びらの群れの中から舞い上がった、凶悪な針を持つ黄金《こがね》の蜜蜂。

ナディーヌの声が、白いシャルロットの耳たぶを刺しました。

熟れて赤らんだ桜貝の色に宿りますものは、怒りの紅《くれない》でございます。

うら若き乙女ばかりを集めてレスボス島に立て籠りました、遠き古《いにしえ》の閨秀《けいしゅう》詩人サッフォー。それは、侯爵夫人のご寵愛《ちょうあい》を嘲《あざけ》ってのことに相違ございません。

白く臈《ろう》たけた肌にただ一点、腫《う》んだように紅《あこ》うございましたシャルロットの唇から、艶然《えんぜん》たる笑みの形が消えました。

「あやまることばかりを期待していた。私の前で頭を下げて、謝罪の言葉を述べることばかりを期待していた。それを、汚《けが》らわしい――」

そう思いますシャルロットの唇は、固く引き結ばれたまま動きませんでした。

突然、何が起こったのでございましょう。天から、艶《あで》やかな薄絹が舞い下りると思われました。足音を奪う深紅の絨緞の上を、滑るように、シャルロットの体が動きました。「はっ」と、声にならぬ響きが上がりますその前に、頰を叩く鋭い音が、近代の光を揺らめかせて飾り立てられた高い高い円天井の下にこだまいたしました。

その刹那《せつな》、すべての人の視線は一点に集められたのでございます。

それ以外に音はございません。風に揺れる春の葉叢《はむら》のような衣ずれの音も止まりました。人のざわめきが静かに引いてまいりますそのさまは、遠い空から訪れます黒雲のもたらす、嵐の前の静けさでございました。

階段の上には、金の扇を手にしたシャルロットの姿がございます。一段下には、頰を押さえて立ちつくすナディーヌの姿がございます。ナディーヌの姿は、今の世紀《シエクル》の鮮やかさを切って取りましたような当世《モダン》、シャルロットの姿は、前《さき》の世紀《シエクル》の懐《ゆか》しさを偲《しの》ばせますような優美でございます。

ナディーヌの頰に、紅く扇の痕《あと》がうっすらと浮かび上がりました。叩きました扇を持ちますシャルロットの腕は、白く細いままでございます。その衣装《ローブ》から剝き出しになりました白い腕は青ざめて、小刻みに震えておりました。

その刹那、オペラ座の大階段を包みます空間は、ドラクロワの描きます絵のような、巨大なる活人《かつじん》画《が》となっておりました。

「シャルロット、開演に遅れてよ」

侯爵夫人のお声が、涼やかに通りました。

侯爵夫人は、後ろを振り返るなどということは決してなされません。一歩を踏み出しますゆるやかなたゆたいの内に、すべてをご掌握になっておいででした。

侯爵夫人のお裾《すそ》は、まるで、時を導く女神の裳裾のようでございます。そのお召し物の裾がゆるやかに動くと、金色の光に照らし出されました活人画が、そのままに動き始めたのでございます。

そこに不作法はございません。「見る」ということをいたします人もございません。噂話は、舞台が跳《は》ねてから後のことでございます。そこでなにがあったのか――すべては、後の噂話を楽しみにいたします人々の衣《きぬ》の襞々《ひだひだ》の内にそっとしまわれて、大階段の上には、ゆるやかな人の動きがまた生まれたのでございます。

そこには、何事もございませんでした。

「サッフォー」と侮《あなど》られました侯爵夫人には、その初めから何事もございません。その「女官長」と譏《そし》られましたシャルロットは、慌《あわ》てて、優婉《ゆうえん》極まりない侯爵夫人のお後に続きました。

その後を、「お姉様」という声が駆け上がります。

シャルロットは、後を振り返りません。

ナディーヌの体が、足早に大階段を上ろうといたしました。

哀れなナディーヌ。誰も、そのうろたえたナディーヌの姿には目を向けません。哀れなナディーヌは、人の足音で逃げ惑う小さな蟻《あり》のようでもございました。「お姉様」と申しますその声は、辺りの調和を掻き乱す、あまりにも見苦しいものでございました。

進もうとするナディーヌの体を、ムッシュー・ボナストリューが抱き止めました。

それを待っていたわけではございません。ですけれどもナディーヌは、彼女を抱き止めます義兄の腕の中で、声を上げて泣きました。

誰も、その様子に視線を投げかけるなどということはいたしません。哀れなナディーヌは、己《おのれ》の住まいます屋根裏部屋で密事《みそかごと》のすべてをまき散らしてしまった、小間使《こまづか》いにも等しくございました。「パリのゴム王」と謳《うた》われて、社交界の伊達男《だておとこ》を気取っておいでになりましたムッシュー・ボナストリューも、形《かた》なしでございます。

「なにかご不幸がおありだったか？」という意味合いのこめられた会釈《えしゃく》を投げられて、ムッシュー・ボナストリューは、大階段を行かれます知人の一々に、「ごきげんよう《ボン・ソワール》」の会釈をお返しになるだけでございます。

不幸とは、晴れの舞台に似つかわしくない下世話《げせわ》を、しようことなしに演じ続けておりますそのことでございましょう。

大階段を上りきったシャルロットは、その様子を肩越しに見ました。そして、「場所柄をわきまえる」ということを知らない妹の不幸を、哀れと思いました。

シャルロットの思いましたことは、ただそればかりでございます。ですが、そんなシャルロットの方に駆け上がって来るような、一つの視線がございました。

それは、訝《いぶか》しさと悲しさを綯《な》いまぜたような、菫《すみれ》色の視線でございました。己《おのれ》の婚約者《フィアンセ》が義兄に慰められて泣いている横で、ただ佇《たたず》むばかりのショーマレー中尉の視線が、シャルロットの白い肌を刺しました。その矢は、「なぜ？」という音《ね》を放って飛んでまいります。

その「なぜ？」が、なにを問うものか。それを知らぬシャルロットではございません。「なぜあなたは――」

そのショーマレー中尉の放つ問いかけの矢を振り払うようにして、シャルロットは、侯爵夫人の後に続きました。

二階の上手際《かみてぎわ》、幾筋もの溝の入った円柱に両側を守られるようにして、侯爵夫人の桟敷《さじき》はございました。

平土間からは、着飾った人達のざわめきが、遠い駒鳥《こまどり》の羽音のように立ち上がってまいります。桟敷《バル》に立たれて会釈をなさった侯爵夫人の後ろで、シャルロットは目立たぬように腰を下ろしました。

「こんなはずではなかった」と、シャルロットは思います。辺りにひしめく人達を見下ろすように、まるで晴れの日の閲兵《えっぺい》に立ち会います貴婦人のそれのように、オペラ座の二階桟敷に陣取るつもりで、シャルロットはまいりました。

妹の頬を叩きました。「この泥棒猫！」という怒りをこめて、内に積もっていたものを吐き出しました。それで、心は晴れるはずでございました。

ただおとなしく家に籠っているだけの女が、天下第一の侯爵夫人のお相伴《しょうばん》にあずかった。オペラ座の平土間を埋めつくした人達の視線を浴びた――その晴れやかさはどこへ行ってしまったのでしょう。

二階桟敷の正面、舞台と向かい合いますような形で、ボナストリュー家の席がございました。そこに誰がいるのか、シャルロットにはよく分かっておりました。

本来ならば、そこに自分がおりました。その四脚並べられました椅子の席の一つは、空席のままでございます。

ムッシュー・ボナストリューが、素知らぬ顔をして座っておいでになります。その横にはナディーヌが、うつむけ加減になります顔をそむけるようにして、座っております。二階桟敷は、見るための場所でもございましたが、また同時に、見られるための場所でもございます。それは、ナディーヌにもよく分かっておりましたのでしょう。「哀れな妹」とは思います。姉の夫に心を奪われなければならない寂しさは、本来ならば、姉のシャルロットが埋めてやらなければいけなかったものなのかもしれません。視界の端にボナストリュー家の席を見て、シャルロットは、心をそらせるようにしてそう考えました。

なにゆえにシャルロットは、心をそらせなければならないのでございましょう？

桟敷《バルコン》の内側に貼りめぐらされた深紅のビロードが、忌まわしいからでございます。

あまりにも濃いその赤の色は、女の体内に流れます血の色のおぞましさを、シャルロットに感じさせました。

巨大な貴婦人の体に包まれるような恐怖。

シャルロットは、二階桟敷の正面に、澄んで美しい菫色の光の箭《や》がございますことを、知っておりました。

「なぜあなたは、サッフォーの女官長と貶《おとし》められるようなことをなさいます？」

菫色の光の箭は、黙ってシャルロットに問いかけました。

「なぜ、あなたは——」

訝しさと悲しさが綯いまぜられたような中尉の視線の意味が、シャルロットにはよく分かったと思われました。

「なぜあなたはそれをなさいます？」

そう問いかけるショーマレー中尉の視線は、美しく、そして寂しそうでもございました。

救いというものが悲しいものであるということを、シャルロットは、初めて知ったようにも思いました。

ナディーヌとムッシュー・ボナストリューが肩を並べます桟敷席の後ろに、美しいショーマレー中尉の陽に灼《や》けたお顔がございました。

ショーマレー中尉は、なにを考えてそこに座っておいでなのでしょう。婚約者《フィアンセ》となったナディーヌの浅ましい姿を見ながら、ショーマレー中尉はお一人で座っておいでになりました。その横の空席に、腰を下ろす人はございません。

開演の鐘が鳴り、下ろされた緞帳《どんちょう》の前には、片眼鏡《モノクル》をつけた大男が立っておりました。それが、侯爵夫人の夜会の席におりました宦官長《かんがんちょう》と同一人物とは思えません。大層堂々として、その出立《いでた》ちは「傲岸不遜《ごうがんふそん》」と申します言葉通りのものでもございました。

桟敷席《バルコン》の内で、侯爵夫人は誇らかにお手を叩かれました。

ロシアバレエ団を率いますムッシュー・セルゲイ・ディアギレフの挨拶を受けて、あの、リムスキー・コルサコフの煽情《せんじょう》的とも言える旋律が鳴り渡りました。

侯爵夫人のお手が、そっとシャルロットの手を握ります。

シャルロットはいやとも言わず、その侯爵夫人のお手の冷たさを感じました。浅ましい夜の記憶が戻ってまいります。

鳴り響く金管楽器が、重い緞帳を急《せ》きたてるように引き上げます。シャルロットには、その調べが、侯爵夫人の夜会の席で耳にしたものと同じとは思えませんでした。

緞帳の向こうには、幾重にも吊り下げられた深紅の垂れ幕がございました。まるで、赤い女の胎内を思わせますような、女サルタンの宮殿でございます。

「『シェエラザード』とは、そのような舞台だったのか——」

シャルロットは、その赤い色の重さに堪えかねて、侯爵夫人の方へと顔を振り向けました。

「どうなさったの?」

侯爵夫人のお顔には、歓びの色がございます。シャルロットは、乱れる我が身の夜の肢体を思い浮かべました。

物苦しさが、辺りに迫ってまいります。シャルロットはすがる思いで、「気分が悪うございます」と申したのでございます。

第十九章

水鳥の去った湖を眺めながら

　目を細めると、日を受けた湖の漣《さざなみ》が、金で織り上げたジョルゼットのように光ります。対岸には緑の葡萄《ぶどう》畑と、ローザンヌの街がゆるやかに霞《かす》んでおります。水鳥達の多くは、もう北へ旅立ってしまっております。「これより北へ旅立つということは、どのようなことだろう」と、シャルロットは思います。

　そこはスイスと向かい合うレマン湖の畔《ほとり》、ヴェルチュルーズ侯爵夫人の別荘でございました。

　パリの南、でもモンブランの麓《ふもと》の地に、夏は遠うございました。日の光ばかりが夏。澄んだ風の中には、一年の大半を通した秋がございます。静けさとのどけさとおだやかな日の光の中で、シャルロットはまるで、自分が北の果てに流されたもののように思いました。

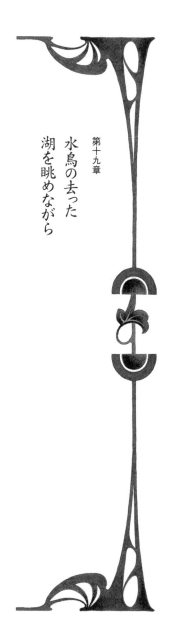

「気分が悪うございます」と言って、オペラ座の二階桟敷を下りました。衆人環視《しゅうじんかんし》の中で、まるで負けを認めるようなシャルロットの退場でございました。

　悩ましい深紅の内に差し込んだ、神々しい菫《すみれ》色の光。それが、シャルロットを勝者の座から引きずり下ろしたのでございます。

シャルロットはそのまま熱を出し、侯爵夫人のご看病を受ける身となりました。どこが悪いというわけでもございません。「お疲れがひどくておいでなのだろう」というのが、お医者様のお見立てでございました。

侯爵夫人はそうおっしゃって、不思議な笑い顔をお見せになりました。それは、シャルロットの頬を紅《あか》らめさせるような、淫《みだ》らさを含んだ笑いでございます。

「そういうこともあるのだろう」

シャルロットは、我が身が我が身でないような遠い喪失感の中で、侯爵夫人のお言葉を聞きました。抗《あらが》いようのない官能の波が、夜毎に身内から立ち上って、侯爵夫人はそれをお喜びのようでもございました。

「愛《アムール》とは、このように生々しいものだったのか」

シャルロットは、夫との夜を比べました。

「今となりましては、私は夫を愛しております」

そうきっぱりと侯爵夫人に申し上げたはずなのに、その「愛」とはなんだったのだろうと、乳色の靄《もや》の中に浮かぶ遠い月のような、過ぎし日の「愛」を思います。

慎み深く、正しく、羞《は》じらうこともなく申し述べられる愛。春の日を浴びてつややかに輝く緑の蔓《つる》草《くさ》が、月の輝く夜になれば、まるで鱗《うろこ》を持つもののように光り、蠢《うごめ》き出す。同じ「愛《アムール》」が、違う光を受ければ違う貌《かお》を見せるようになる不思議——あるいは恐ろしさ。

石造りの壁に囲まれた教会の中で、薔薇窓《ばらまど》から差し込む金の光を受けて語られた「愛」——それを誓って、その誓いに裏切られて、その裏切りをものともせず口にした「愛」が、女の寝室に差し込む月明かりの中で、不思議な変化を遂げました。

その力が、どこから湧《わ》き上がるのかは知りません。ただ、夜の中で、シャルロットを奮《ふる》い立たせ酔わせる力が噴き出して。侯爵夫人の囁《ささや》きが、夜の中に遠い日の美しい景色を浮かび上がらせます。

聖母マリアの月に摘んだ花の美しさ。その花の美しさを見る喜び。その花と一つになって、澄んだ五月の光の中に溶け込んで行くような歓喜。

それが悪いことだとは思えません。でも、それを「よいことか」と問われて、そのまま素直に「はい」と申しますことも出来ません。それを「はい」と言い切るためには、恐ろしい邪悪の力を借りなければいけないような気もいたしました。

おそらく侯爵夫人は、そのお力をお持ちなのでしょう。だから、時として侯爵夫人は、美しい魔物のようなご様子をお見せになりました。

夜の中で、侯爵夫人のお姿を直視することは出来ません。目を閉じたまま、その人の愛を感じるだけでございます。

人で賑《にぎ》わう祭の日の喜びのような愛。咲き誇る花々から立ち上る蜜《みつ》の匂いのような、甘美な愛。夜の中で黒猫が鳴くような、忍びやかで危険な愛。

オペラ座の深紅の天鵞絨《びろうど》の中から湧いて出るような、不思議な粘液の感触を伝える愛。

蜜の中に漬け込まれたマルメロのようになってしまった自分――。

蜜の海に呑まれ、遠くへ流されてしまった自分。

南からの光が、ローザンヌの古い街並みを、美しく遠く照らし出します。

夢幻に遠く美しい、対岸の街。

「どこまで遠くへ行けばよいのだろう」

湖を越えて、国境を越えて、後ろめたさのない「愛」ばかりで生きる人々のところへ行きたいと、シャルロットは思います。

人の住む街は、湖の彼方。そしてそこは、国境を越えた異国。

南からの光を背にして、静かな北向きの部屋の窓から眺められる、日の当たる異国の街。「逃げたい」と思ったのはただ一度。それなのに、シャルロットの見つめる方は、ただ遠い異国の街。

「パリは、あなたの体に悪いのかもしれない。私も夏のパリは嫌い。あなたはいつもどちらへおいでになる？　この夏は、スイスが見える私の別荘へおいでなさい。少し予定を早めて、明日か、明後日にもパリを発ちましょう」

そうしてシャルロットは、黄金《こがね》に燦《きら》めく湖の面《おもて》を眺め下ろしているのでございます。

毎年夏には、父の住む故郷へ帰りました。懐かしい田舎。緑の中に白い木苺《きいちご》の花を見つけ、輝く光の中で気忙《きぜわ》しい蜜蜂の羽音を聞く日々。茂るほどの草の緑に埋もれてしまいそうな、故郷の館《やかた》。

侯爵夫人の別荘は、一面の緑の芝の中に、白い貴婦人の佇《たたず》まいを見せて建っております。

前庭に咲き誇る薔薇の花。四季の果物が実を結ぶ温室。広い館の中に潜んで、まるで機械仕掛けのように、必要な時になるとすぐに姿を現す召使い達。黒いマホガニーの柱と、金の肌理《きめ》を見せる黒い大理石の床。壁に掛けられた多くの絵。レンブラント、ワットー、フェルメール、ハンス・ホルバイン。支那《しな》の磁器、日本の螺鈿《らでん》細工の机。

色鮮やかなカンディンスキーの絵が、人の顔でひしめくベルギーの画家アンソールの絵と隣り合っております。侯爵夫人は、ただ古いものを貴《たっと》ばれるだけのお方ではございません。現代画家を見分けるだけの、確かなお目を持っておいでalong でした。

遠い死の国の静寂を思わせるベックリンの絵の横に、トルコやらギリシアやらの異国趣味を存分に感じさせる、美しい金色の絵がございました。

ウィーンのクリムトという画伯の描かれた絵を目にするのは、その時がシャルロットには初めてでございました。

口づける男女の姿が、シャルロットの知る「夜の愛」をまざまざと描き出しておりました。広い書斎の樫《かし》の床に立って、それを一人で眺めますと、あの、パリのシェエラザードの夜が思い出されます。

「私は囚《とら》われの籠の鳥」

そう誇らかに装って、侯爵夫人のお館の階段を上った夜——それがもう遠い昔のように思われます。

金の鎖でナディーヌに繋がれたショーマレー中尉、躍動するニジンスキーよりも美しく見えた、菫《すみれ》色の瞳を持つ人。

恋がいけないというわけではない——そう言い聞かされて、ぎこちなく心の扉を開け放った夜。

真夜中に開け放たれた胸の扉の向こうにございましたのは、ただ暗い夜。

星の光だけが輝いて、夜にはレマン湖からの風が鎧扉《よろいど》を叩きます。

光が恋しい夜に目をつぶって、シャルロットの行先は、陶酔という名の海ばかりでございます。

「人が恋しくて?」

パリのお屋敷よりもさらに広い山荘の中で、侯爵夫人はそうお尋ねになります。

「ええ」と申しますことは、まるで侯爵夫人をお厭《いと》いするようで、なんとはなしに憚《はばか》られますが、そんなシャルロットに頓着《とんちゃく》をなさいますような侯爵夫人ではございません。

「公演が終われば、セルゲイがバレエ団の人間達を連れてやって来るわ。そうしたらここも賑やかになって、もっと北の遠いお城にでも行きたくなってしまうかもしれないわね」

「そうかもしれない」と、シャルロットは、嘲《あざけ》るような人の顔で満たされたアンソール画伯の絵を眺めました。

　よいものも、悪いものも――、人。

「会いたい」と思う心と、「会えない」という心が、風と波のようにせめぎ合います。

「会いたいと思う人に会えれば――」

　高い六月の陽《ひ》の中で、遠い対岸のローザンヌの街を眺めるシャルロットの胸の内に、その答はございます――「会いたい人には、会えない」と。


　それは、夫のエミールでございますのか。憎まれて、でも憎んではいけない妹のナディーヌでございますのか。まだ幼い、愛らしい娘のアンヌでございますのか。

　侯爵夫人はその答をご存じなのか、あるいは、お忘れなのか。

　太陽が最も高い位置に昇りました夏至の日に、その人が侯爵夫人の山荘を訪ねてまいりました。

「ムッシュー・ボナストリューの御名代《ごみょうだい》で、ムッシュー・フィリップ・ショーマレーが、お目通りを申し出ております」

　午後のお茶の席に姿を現しました執事《しつじ》は、シャルロットにそう申し伝えました。

　その時シャルロットの体は、椅子から立ち上がっておりました。

　手にしたお茶碗《タース》をテーブルに置き、侯爵夫人への会釈《えしゃく》を、まるで忘れ物をした子供のように慌ててすませますと、シャルロットの体は、滑るように執事の後を進みました。

「お会いしたらなんと言えばいいのだろう」

「あの方は私を、どう思っておいでなのだろう」

「はしたない女だと思っておいでになる」

「お会いして、きっと罵《ののし》られる」

「一体、どういうご用でショーマレー中尉はおいでになったのだろう」

「エミールは、私を連れ戻そうとして、わざわざショーマレー中尉を使って……」

「あの人も、きっと私を嫌いになっている……」

でも、そう思いながら、シャルロットの体は止まりませんでした。引きしぼられた弓から放たれた矢が、目標に向かって一心に進んで行くように、シャルロットは、金の肌理《きめ》を稲妻《いなずま》のように光らせる大理石の床を、滑るように——ともすれば走り出すようにして進んでまいりました。


「こちらでございます」

執事のその声が、そのままショーマレー中尉となって、玄関の扉の前にございました。

懐《なつ》かしいブーローニュの森のはずれの館で、そのお姿を何度も拝見しました。

外からの光を背に受けて、玄関の扉の前に立っている懐《ゆか》しいその人。

その人の姿は、何度でも夢に見ました。

「フィリップ……!」

逆光に暗くなったその人の顔に笑顔を投げて、シャルロットは、その声と一つになって進みました。

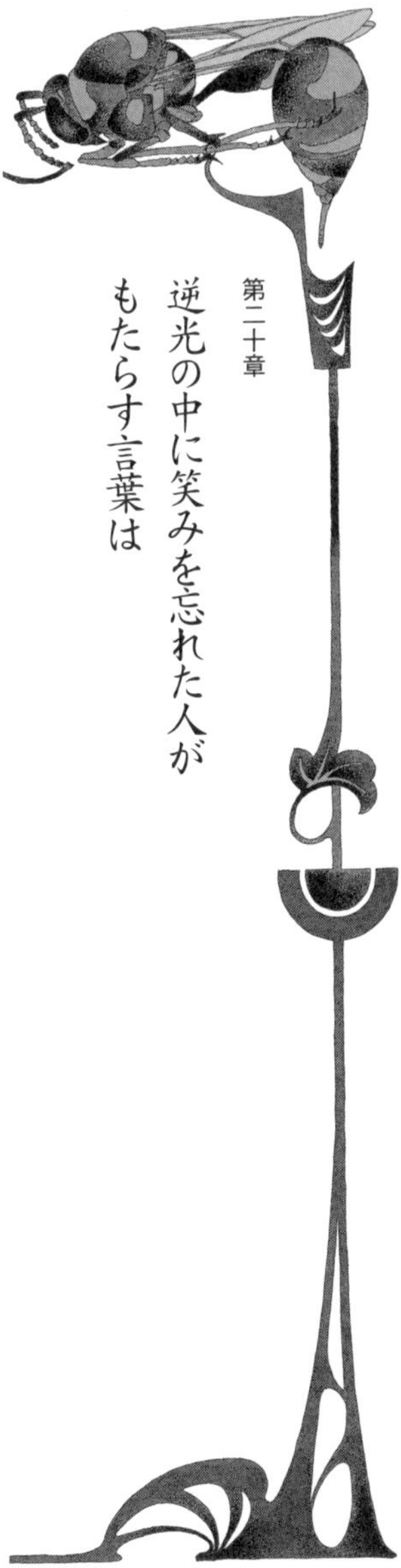

第二十章

逆光の中に笑みを忘れた人がもたらす言葉は

薔薇窓《ばらまど》から降り注ぎます陽の光が、その人の前に褐色の影を作り出しておりました。その影の内に足を踏み入れようとして、その時シャルロットの足は止まりました。逆光に輪郭を燦《きら》めかせますその人の顔の中にございますのは、笑みではございませんでした。

その人の訪れを告げられ、その嬉しさだけで思わず走り出しかねない勢いでやってまいりましたシャルロットの胸の中にしまわれておりました、理性という名の碇綱《いかりづな》が、黒い大理石の床の上に投げ下ろされたのでございます。

「フィリップ」と、その人に向かって投げかけられた声は、まるで、岸辺に舫《もや》う船の舳《みよし》から投げ下ろされた碇《いかり》のようでもございました。「ここは、ブーローニュの森ではない。私がこの人を呼ぶのにふさわしい呼び名は、〝フィリップ〟ではなく、〝ムッシュー・ショーマレー〟なのだ」

シャルロットがそう思いましたのは、逆光の中に浮かび出るムッシュー・ショーマレーのお顔が、パリのオペラ座の桟敷《バルコン》でお見かけしましたものと同じお顔だったからでございます。

「なぜあなたは、それをなさいます？」

そう問いかけられるようなショーマレー中尉の視線は、大層に悲しそうでもございました。

オペラ座の階段で、妹のナディーヌは「サッフォーの女官長におなりだったのね」などと、浅ましい言葉を投げつけました。それを申しますのなら、ここはレスボスの館でございましょう。そこへ「中尉」という肩書をお捨てになって、ただ「ムッシュー・ショーマレー」の御名でおいでになったお方。しかもその人は、「ムッシュー・ボナストリュ―の御名代《ごみょうだい》」とお名乗りでした。その方に、なぜ「フィリップ」などという浅ましい呼びかけをしてしまったのか――。

浅ましく、淫《みだ》らで愚かしい。そう思いますシャルロットの顔には、取り落としたはずの貞淑の仮面が、再びつけられておりました。美しいばかりで無表情な、哀れな囚人《めしゅうど》――マダム・ボナストリューでございます。


二人を仕切る褐色の影と、美しい沈黙がございました。それは、浅ましくも呼びかけられた「フィリップ」という言葉を忘れ去るための、時間でもございましたか。

「ようこそ」と、シャルロットは口を開きました。ただそれだけでございます。

「エミールが私に、あなたを迎えに行ってはくれまいかとおっしゃいましたので、私は、こうしてまいりました」

ムッシュー・ショーマレーの仰《おお》せになりますことは、それればかりでございました。

「エミールは、なんと申しておりますの?」

「ただ、家に戻ってほしいと」

「なぜあの人が自身でまいりませんの?」

「角が立つとお考えなのでしょう」

そしてその先は、二人一緒でございました。

「私が、まいりましょうかと申しました」とおっしゃって、「なぜ――」と続けられたムッシュー・ショーマレーのお声が、同じく「なぜ――」と申しますシャルロットの声を凌《しの》いでしまいました。

シャルロットの口からは、新たな「なぜ――」が出かかりました。でも、それを吹き払いましたのもまた、ムッシュー・ショーマレーの若々しいお声でございました。

「私は、ムッシュー・ボナストリューに嘘をつきました。言葉ではなく、心の中の嘘です。私は、ムッシュー・ボナストリューのためにではなく、私自身のためにあなたを迎えに来たかった。でも、私には、ここへやって来るためのいかなる理由もないのです。ただ、ナディーヌの義兄であるエミールのためを思うという装い方をする以外、私には、ここへやって来る理由がなかったのです。そして、ここへやって来る私は、エミールばかりではない、ナディーヌの心さえも裏切らなければならない。ここへやって来ることを、あなたにどう思われるかも分からないのに――」

それだけの思いが、ムッシュー・ショーマレーのお顔から、笑みというものを奪っておりましたのでございます。

ただ遠くから降り注ぐばかりの陽の光を後ろに浴びて、暗い影になったムッシュー・ショーマレーの述懐《じゅっかい》は続きました。

「私とナディーヌの関係は、どのようなものでしょう。ある時、ナディーヌは私に申しました――〝結婚というものは、愛情でするものではない。ただ、するもので、続けるものだ〟と。私は、それを言うナディーヌに、かすかな憎悪を感じました。そして、〝この憎悪がありさえすれば、この女と愛のない結婚生活を続けていけるかもしれない〟と思いました。私は、ナディーヌがなぜそんなことを言うのかが分からなかった。その時の私は、ただ自分のことばかりを考えていて、ナディーヌのことなどはまったく考えていなかった。シャルロット、私がなぜこんなことを言うのか、お分かりになりますか?」

ムッシュー・ショーマレーは、シャルロットの白い手を取りました。

「あなたがいたからです。あなたは、既にエミールと結婚している。私にはどうにもならない。でも、ナディーヌと結婚すれば、私はあなたのそばにいることが出来る——私の打算はそう告げました。でもそれは、ナディーヌを傷つけることになる。あなたのそばにいたいというだけで、罪のないナディーヌを踏み台にしてもよいものか。私はとても悩みました。とても、苦しみました。でもナディーヌは、とんでもないことを言った。私とナディーヌが結婚することは、愛情があってのことではないと。それを言われて、そう言った女を憎まない男などいないでしょう。ナディーヌと結婚すれば、あなたのそばにいられる——そのための結婚を、私は考え始めていた。ナディーヌと結婚する以上、私はナディーヌは哀れだと、私は一人で考えていた。そんな結婚を続けさせられるナディーヌを愛さなければならないと。でもナディーヌは、僕にはっきり言った——〝あなたのことなんか愛していないわ〟と。それで、僕の彼女への憎悪は決定的になった。〝この憎悪がありさえすれば彼女との愛のない結婚は可能になる〟と思って、僕達は、お互いに〝愛していない〟という誓約をかわしました。不思議なことに、それ以来僕達は、気の合う悪党同士になった。〝なるほど、不幸な結婚というものは、このようにして地上に続いていくのか〟と思って」

シャルロットは、不思議な顔で口を挟みました。

「今あなたは、こうおっしゃいました——〝あなたを愛するのなら、それを可能にしてくれるナディーヌも愛さなければならない〟と。私を愛することは、ナディーヌを愛することで、姉の私を愛する以上、妹のナディーヌも愛さなければならないというのは、もしかしたら、殿方特有のお考えなのでしょうか?」

「一体なにをおっしゃってるんですか?」

今度は、ムッシュー・ショーマレーが不思議な顔をいたしました。

「あなたは、私とナディーヌを同時に愛そうとなさいました。夫のエミールも、やはりそのように考えて、私とナディーヌを同時に愛したのでございましょうか?」

ムッシュー・ショーマレーの目が大きく見開かれました。そして、大きくお顔をのけぞらせ、白い歯をくっきりとお見せになって、ムッシュー・ショーマレーは、大声でお笑いになりました。

「私は、なにかおかしなことを申しましたのでしょうか?」

その言葉が、さらにムッシュー・ショーマレーの笑いに火をつけました。


「本当に、そんなことを考えていらっしゃるんですか?」

お腹を抱え、目の端には涙さえも浮かべられて、ムッシュー・ショーマレーは仰せになりました。

「だって、どうしてエミールが、私に隠れてナディーヌを愛しておりましたのか、私にはさっぱり分かりませんもの」

「フランスには〝エゴイスム〟という、大層分かりやすい言葉がありますよ。彼は、僕みたいに厄介なことを考えない。ただ、手近なところに若い女がいればさっと手を出す。恋多きフランス男の例にのっとっているだけです。あなたも初心《うぶ》なら、僕も初心だ。オペラ座に行くまで、僕にはナディーヌと彼との関係なんか、さっぱり分からなかった。あなたの姿を見つけて、ナディーヌは逆上した。逆上した彼女の心を鎮《しず》めていたのは、僕ではなかった。泣きじゃくるナディーヌをなだめているエミールの姿を見れば、誰にだって二人の関係は分かりますよ。僕は、ナディーヌに騙《だま》されていた。〝愛のない結婚〟というのは、僕とナディーヌが始めるものではなかった。彼女は、エミールとのままにならない関係を思い煩《わずら》って、あなたとエミールの結婚こそが愛のない結婚の典型だと思い込んで、それを僕に言いたかっただけなんです。僕は、自分のバカさ加減に目も当てられなくて、あの日、あなたを遠くから見ていた」

「私を――」

「あなたを――」

「エミールは、なんと申しておりますの?」

「いい加減、あんな男のことはお忘れなさい。彼は、パリの事務所《ビューロー》で金儲《もう》けに精を出していますよ。余分なことは考えたくない。外聞の悪いことは、なるべくならさっさと収めたい。彼の考えることはそれだけ。僕があなたを迎えに行ってもいいかと、恐る恐る口に出したら、〝それは好都合!〟という表情を丸出しにして、〝行ってもらえるか?〟と、ただそれだけですよ」

「〝悪かった〟とは、申しませんの?」

「なぜ? 彼の中にそんな言葉があるとお思いですか?」

「夫婦というものは、そのように考えるものではないのでしょうか? それがあって初めて、わだかまりというものは、解消されるのではないでしょうか?」

そして、ムッシュー・ショーマレーは、踏み込んだことを仰せになりました。

「今あなたは、〝解消〟とおっしゃった。それは、〝結婚というものを解消してもいい〟と、あなたがお考えになっているということでしょうか？」

シャルロットの口に、「ええ《ウイ》」の言葉は上ってまいりませんでした。そのかわり、ムッシュー・ショーマレーを見つめますシャルロットの目の中に、その言葉はまぎれもなくございました。

ショーマレー中尉の腕がシャルロットの体を抱き寄せ、その唇を唇でふさいだ時、シャルロットは、男というものがどのようなものであったのかを、初めて知ったように思ったのです。


シャルロットと、それを訪ねてまいりました菫《すみれ》色の目をした男性との間になにが起こっていたのか、ヴェルチュルーズ侯爵夫人は、既にご承知でございました。冷えたお茶碗《タース》ばかりを二つ残して、サロンに侯爵夫人のお姿はございませんでした。初めて恋を得た乙女のように、シャルロットはサロンを横切り、ムッシュー・ショーマレーのお手を取られて、湖を見遥《みはる》かす庭へと出ました。その恋の作法は、つい昨日まで、侯爵夫人がシャルロットに対してしておりましたものでもございますけれど――。

見遥かす対岸には、人の住む街がございます。ムッシュー・ショーマレーに抱かれて、不思議なことにシャルロットは、その遠くの景色を眺める自分ばかりを、ことさらに感じておりました。

そばにその人がいない時より、そばにその人がいる時の方が、より独りを強く感じる――それこそが恋の逆説《パラドクス》というものなのかもしれません。

湖の向こう岸。それはもう、追いつめられて逃げるだけの、遠い異国ではございません。遠く過ぎ去ってしまった、人と人との入り組みがもつれるばかりのパリの街のようでもございました。その人の腕があるだけで、過ぎ去ったものは蜃気楼《しんきろう》のように消えて行く。重い鎖が解き放たれて消えて行くような清々《すがすが》しさの中で、シャルロットはふと、哀れな妹のことを思いました。

ナディーヌは、その頃なにをしていたのでございましょう？

モンパルナス駅の裏側にございます小さなアトリエのベッドの中で、白とは言いがたくなりつつありましたシーツばかりを、裸身《はだかみ》にまとっておりました。

第二十一章

苦艾酒《アブサント》の酔いの後

午後の陽《ひ》が美しゅうございました。

午後の陽差しが美しく映《は》えるのは、なにも豪奢《ごうしゃ》なお館《やかた》の内ばかりとは限りません。贅《ぜい》を尽くしたお館の内に差し込む午後の光が、ともすれば、そのお館の栄華を傾ける退嬰《たいえい》的なものに見えますのに対して、その小さなアパルトマンのアトリエに差し込む光は、真実美しゅうございました。

白と金のたゆとうばかりの光の中で目を覚ましたナディーヌは、わずかの間、その燦《きら》めく美しさに目を奪われました。

「ここはどこ？」

それをナディーヌは、声に出さず、我が身に問いました。

大きく開かれた白いカーテンを間《はざま》として、金色の光がナディーヌの胸許《むなもと》にまで降り注いでおります。輝きをはじき返す白い布は、まるで天使《アンジュ》の羽のように美しゅうございました。ナディーヌは、その美しさと我が身を一つにして、そしてその光の眩《まぶ》しさに目を細めました。

「我が家ではないことが、こんなにも私を自由にさせる」と思いますナディーヌは、見馴れぬ白と金の光の中で、跡切《とぎ》れそうな昨夜の記憶をたどろうといたしました。

昨夜は、モンマルトルにまいりました。画家達の住まうアトリエで開かれたパーティにまいりましたのでございます。

その当時のモンマルトルには、芸人達が多く住んでおりました。画家達も多うございました。中でも「洗濯船《バトー・ラヴォワール》」と呼ばれました建物が、多くの画家や詩人達の住まいます所として、名高《なだこ》うございました。おもしろくないこと続きでブーローニュのお屋敷に引き籠っておりましたナディーヌを、舞台仲間の娘が気晴らしにと、呼び出したのでございます。

「少しは分相応《ぶんそうおう》ってことも考えなきゃだめよ」

ナディーヌの朋輩《ほうばい》でございますココットは、そのように申しました。ご記憶にあれば幸いでございます。ココットと申しますのは、ムッシュー・ボナストリューとの密会の場に困るナディーヌに、一夜の宿を提供してくれますこともございました、同じ一座の下っ端女優でございます。

義兄との恋路の果てに思い惑《まど》いますナディーヌを、ココットは「分不相応」と申します。

「だって、あたし達は女優だもの。豪華に見える安物のドレスを着て、舞台で足を上げるのが仕事。贅沢三昧《ざんまい》でおしとやかに笑って暮らすお屋敷のお嬢さんとは違うんだよ。そこをあんたは、間違ってるのさ」

田舎からパリに出て、一人で劇場近くの屋根裏部屋で暮らしておりましたココットは、ナディーヌの恋の相手を責めたりはいたしませんでした。

「恋は自由さ、だからつらいことだってある。あんたの恋のお相手が、大金持ちだって義理の兄さんだってかまわない。でもさ、あんたはまだろくな芽が出ない、下っ端の女優なんだ。自分まで大金持ちのお嬢さんぶってる必要なんかないんだよ。むしゃくしゃすることがあるからって、なにもあんな豪華なお屋敷に引き籠ってる理由はないさ。たまには、分相応なお相手と一緒になって気晴らしをしなくちゃさ、女優の根性が腐っちまうよ」

そう言ってココットは、人いきれと煙草《たばこ》の煙と、緑色の苦艾酒《アブサント》の匂いで一杯の、貧しいモンマルトルの夜会《ソワレ》へと連れ出したのでございます。

「くよくよしなさんな」

ココットはそのように申しました。そして、「気取ってんじゃない」と言って、ナディーヌの背を、気さくな芸人と気難しい芸術家達の群れへ向かって押し出したのです。

「画家や詩人の集《つど》う洗濯船《バトー・ラヴォワール》」と申しましたなら、なにやら粋《いき》なもののようにも思われます。しかし、そのモンマルトルの中程にございます建物は、真実、セーヌ川に浮かびます貧しい洗濯船と同然でございました。

身装《みなり》をかまうのやらかまわぬのやらよく分からない若い男達の着古した洗濯物が、ところかまわずにぶら下がっております。たいそうにみすぼらしい建物でございます。「画家と芸人は分相応の相性よし」とココットが申しますのも、そんな飾りようのない貧しさを共有いたしますからでもございましょう。

貧しい夜会《ソワレ》に集まったのは、貧しさを隠せない男と、貧しさを隠せる女ばかりでした。扉の内には、人ばかりがおりました。誰やらの誕生日なのだそうでございます。強く、そして香りの高い緑色の苦艾酒《アブサント》の酔いが、高まる音楽に代わって、すべてを忘れさせてくれる夜会なのでございましょう。

ナディーヌはしかし、その人の群れに酔えませんでした。

芸術家というものが嫌いなナディーヌではございません。取り澄ました令嬢を気取るだけの女でもございませんでしたナディーヌは、しかし、誰にも愛想のよい気さくな女でもございませんでした。ナディーヌは、すべての若い女がそうであるように、気難しく計算高い女でございました。

その計算がうまくゆけば、若い女は「おしとやか」と言われます。その計算がはずれれば、「寂しげ」と言われ、その計算をそのまま口にすれば「がさつ」と言われます。それが、若い女というものでございます。であればこそ、若い女は人前をつくろいます。ナディーヌも、そのような、利益と不利益とを嗅《か》ぎ分けるだけの計算高さを持つ、若い女の一人でございました。

ところがその夜のナディーヌには、計算高さが働きません。場に集う男達のすべてが、たった一つに見えたからでございます。

すべての男は背中を見せるもの――ナディーヌには、そのように思われました。自分をとりつくろうために背を向ける男――すべての男が、義兄のエミールに等しいものと思われたのでございます。

姉のシャルロットは家を出て、ブーローニュのお屋敷には、エミールとナディーヌの仲を阻む者はおりません。「お目付け役」を自称するアンリエット叔母様は、シャルロットの出奔《しゅっぽん》という非常事態にお熱を出されて、「私は知らぬもの」という顔をしておいでです。ナディーヌは、恋の勝者となりました――それが、なって嬉しい勝者であるのかどうかは別として。

シャルロットが家を出たその夜、ムッシュー・ボナストリューは、公然とナディーヌの部屋を訪れました。公然と訪れ、公然と泊まり、家内《いえうち》にはなにも問題がないような顔でナディーヌを抱きました。

初めナディーヌは、それを喜びました。二日目の夜には、ぎこちない不安を感じました。そして、オペラ座の夜。

シャルロットに頬を叩かれて、ナディーヌはエミールにすがりました。ですがその夜にエミールは、ナディーヌの部屋の扉を叩きませんでした。来るはずの男が来ない——その悔しさと悲しさと寂しさで一杯になったナディーヌは、来るはずの男を待ちました。しかし、その夜以来、ムッシュー・ボナストリューは、ナディーヌの部屋を訪れなくなりました。ムッシュー・ボナストリューのなさいますことは、所在が明らかになったシャルロットを求めて、侯爵夫人におねだりをいたしますことばかりだったのでございます。

「ねェ、ジュヌヴィエーヴ、お願いだから、シャルロットに戻るように言ってくれないか？」

「それはあなたが、ご自分で仰《おお》せになればいい。シャルロットは、あなたのご内室《ないしつ》でいらっしゃるのだから」

ヴェルチュルーズ侯爵夫人は不思議な笑みを見せられて、意地悪くムッシュー・ボナストリューのお申し出を撥《は》ねつけられたのでございます。ナディーヌは、その撥ねつけられたエミールの、後ろ姿ばかりを見ておりました。

義兄と二人、館に残されて、果たして自分は恋を得たのか？　それがいかなる夫婦であろうとも、夫婦の危機に直面した男女は、夫婦であることから離れられなくなるのか。若いナディーヌにはなにも分かりません。

得たはずの恋が、よそよそしく自分を撥ねつける。広いお屋敷の中に二人の仲を遮《さえぎ》る者はございませんけれども、エミールは、家を出た妻の妹に対して、それ以上の振り向き方をいたしませんのでした。

そこにいるのは、「妻の妹」という名の他人。ナディーヌは、エミールの目の色から、そのことをはっきりと読み取りました。

「果たして自分は、真実この恋を得たかったのか？　果たして自分は、それほどまでに姉を憎んでいたのか？」

問いたくもない問いが、ナディーヌの周りをうろつき回ります。

昨日には恋のお相手。そして今日は、夫婦とは無縁の夾雑物《きょうざつぶつ》。そんな無残が、ナディーヌの胸を掻きむしりました。

すべての男を知るわけでもないナディーヌに、たった一人の男の背中は、すべての男の我欲《エゴ》をあらわすようにも思われたのです。

手に入れたものは決して手放さない男の我欲。自分が手に入れたものに逃げられた時に見せる、男の強い執着。「戯《たわむ》れの恋など、一瞬に消え失せる水泡《すいほう》と同じ」――そう言いかねない、妻という女ばかりを求める男の執着。その、たった一つの男の背中と同じものばかりが、モンマルトルの洗濯船《バトー・ラヴォワール》にあるように思われました。

そこには、矜《ほこ》りという我欲がございました。そこに集います男達の求めるものは、妻ではなく、栄誉であり名声でございました。声高に自説を唱え、相手の言説《げんせつ》をねじ伏せようといたします男達ばかりがおりました。

「なんでこんなところがいいの？」

ナディーヌは、我が身にしがみつく貧しい男達の執着を、浅ましいものとして眺めました。そんなナディーヌのとまどいに、ココットは頓着《とんちゃく》いたしません。議論に唾を飛ばす男の膝に座り、「男は男、女は女」とばかりに、ココットは自分の住まう境界を一人楽しんでおりました。

「なんでこんなところにいるんだろう？　なんでこんなところに来たんだろう？」

ココットに誘われますままやってまいりましたナディーヌは、「どこか遠くへ行きたい。ここから離れたい」と思いながら、苦艾酒《アブサント》の薄緑色を見つめておりました。そこのところまで、午後のナディーヌは思い出しました。

白と金の光がまばゆい部屋の中で、人の気配がいたします。シーツばかりを身にまとったナディーヌが振り返りますと、そこには一人の若い男がおりました。頬に垂れかかる漆黒《しっこく》の髪。形のよい美しい瞳。

「誰？」と、声に出さずに問うて、ナディーヌは、その美しい瞳が苦艾酒《アブサント》の向こうから見つめていたことを思い出しました。

「どこかに行きたいわ」

そうつぶやくナディーヌに、その瞳の主は、「僕も同じさ」とうなずきました。その記憶の、断片ばかりがございます。

「えーと、あなたは、誰だったかしら？」

苦艾酒《アブサント》をやり過ごした後のナディーヌの頭は、少しばかり痛みます。

「アメデオ」

ただそればかりを言って、美しい瞳の主は、目を慌《あわただ》しく厚紙《カルトン》の上に落としました。

「アメデオ」

なんだか言いにくい名前であったような気がいたします。アメデオの先がなにであったか、もう覚えてはおりません。その男が、聞きにくい訛《なま》りのあるフランス語を話すイタリア人であったことだけは、ぼんやりと覚えております。

「イタリアの男は、天使《アンジュ》のような瞳をしている」

モンマルトルの夜の坂道を下りながら、そんなことを考えたことだけが、ナディーヌの記憶にございました。

「その男が、なにをしているのだろう？」

胸許をシーツで押さえたナディーヌは、そちらへ振り返ろうといたします。

すると男は、「動かないで」と言いました。

男の手許では、チョークが紙をこする音がいたします。

「そうか、彼は画家だったんだ」

黒い天使の瞳をした若者のことを、ナディーヌはぼんやりと思い出しました。

「あなた、画家だったのね？」

瞬時に身構えてモデルと変じたナディーヌは、美しい天使の瞳に横顔を向けたまま、身を動かさぬようにして尋ねました。

「画家じゃない、彫刻家だ」

美しい天使の瞳をした若いイタリア人は申しました。アメデオ・モディリアーニという、舌を噛みそうな名前の若者でございました。

第二十二章
午後の妹、夜の姉

「よし、もう楽にしていい」

美しい天使《サヴァ》の瞳をした若者は申しました。彼は、「画家ではない。彫刻家だ」と申します。ですがナディーヌには、どちらでもよいことでございました。イタリア訛《なま》りの美しい若者が、自分の横顔を描いている。「私をモデルにして絵を描きたがる男がいるんだわ」と思えば、自然ナディーヌの心は浮き立つのでございます。

「少しはココットに感謝をした方がいいかもしれない。面倒がっていた私を芸術家の夜会《ソワレ》に連れ出してくれたのは、あの子なんだから」

そう思ってナディーヌは、言いにくい名の若者の方へと振り向きました。

「終わったの？」

「終わった」

「見てもいい？」

「ああ」

そう言って、でも美しいイタリアの若者は、ナディーヌに自分の描いた素描《エスキス》を見せてくれようとはしませんでした。

「見たかったら見に来いとおっしゃるわけね。お高くていらっしゃること」と思うナディーヌは、でも、腹を立てたりなどはいたしませんでした。

「お安い芸術家より、少しお高い方がいいわ」

ナディーヌは、色が変わりかけたシーツを裸身《はだかみ》に巻きつけ、黙って厚紙《カルトン》に視線を落としております若者に近寄りました。

「きっとエミールは、〝たいしたことじゃない〟と言うわ。〝モデルになりたければ、画家を雇って肖像画を描かせればいい〟なんて。あの人は、なんでもお金。この私を描きたいと思う画家がいる――そのことが重要なのに、あの人はなにも分からない」

そう思うナディーヌは、自分がモデルとなった素描《エスキス》がどんなものかも分からぬまま、「エミールに、見せてやりたいわ」と思いました。知らぬままの幸いでございます。

「なにこれ？　これが私？　失礼ね。あなたは一体なにを考えているの？　あなたの目はどうなっているの！」

厚紙《カルトン》の上の素描《エスキス》を見て、ナディーヌは声を上げました。そこには、馬のように間延びのした、人間だか異教の女神だか分からないような、大きな人間の頭ばかりが描かれていたからでございます。

「あなたの目はどうなっているの！」

言われて、若いイタリアの彫刻家は少しも動じません。厚紙《カルトン》の上にチョークで描かれた絵と、あきれて目を吊り上げるナディーヌの顔を見比べるばかりでございます。

「もう帰るわ！」

怒ったナディーヌが、男に背を向けた時でございます。美しい瞳と言いにくい名を持ったイタリアの若者は、「そのまま！《アタンデ》」と申しました。

また、チョークが紙をこする音がいたします。

「そのままって、あなた――」

背中からずり落ちそうなシーツを気にして、それでもナディーヌは、その場に立ち続けておりました。「失礼な男」とは思いながらも、その男が自分に関心を持っている、自分に惹《ひ》きつけられているという事実だけからは離れられないのでした。

午後の日差しが、自分の剝き出しになったなだらかな白い背中をくっきりと映し出している――そのことだけは分かりました。自尊心という名の曲線を、ナディーヌは隠したいとも思いませんでした。

「またへんな顔に描くの？」

シーツの胸を押さえたまま、ナディーヌは奇妙な彫刻家に尋ねました。

若い芸術家は、「黙って！《シロンス》」と言うだけで、なにも答えてはくれません。

「神経質な人」

モデルという役割に初めて出くわしましたナディーヌは、それでも、男の言うがままに従いましたのでございます。

男の描いたナディーヌの体は、これもまた見慣れぬ珍妙なものではございました。ですがナディーヌは、それを見てももう声を荒らげはいたしませんでした。濡れたような黒い髪を持つ男がどんな素《エス》描《キス》を描くのか、もうナディーヌが知っていたからでございます。

声を荒らげる代わり、ナディーヌは眉根《まゆね》に少し皺《しわ》を寄せ、男の描いた自分の体を眺めました。

豊かな背中がございます。現代的《モダン》な、直線に近い曲線で描かれた腕もございます。わずかに覗《のぞ》いた胸のふくらみも、油断なく描かれております。その上にございます顔は、相変わらず珍妙なものではございますけれども、男がナディーヌの体を美しいものと思っておりますことだけは分かりました。

男はなにも申しません。「見たければ見ろ」とでもいうような態度で、自分の描きました素描《エスキス》を眺めておりますばかりでした。

「この男が自分の体を眺めている」――そのことに気づいてナディーヌは、ふっと夜の間のことを思いました。

「自分はどうだったのだろう？」

夜の間のことはなにも思い出せません。男と一つ寝台の中にいた自分が裸だった――そのことだけは確かでございました。

「私はなにをしたの？　私はどうだったの？」

それを男に訊《き》きたいような気がいたしました。

「なに？」

ナディーヌの視線に気づいた男は尋ねます。

「あなた――、あなたは」

「僕の名なら〝モジ〟と言えばいい。みんなそう言う。モディリアーニもアメデオも、どうもフランス人には言いにくいらしいんでね」

「モジ？」

「そう」

「あ、モジ――、あなたは――」

口ごもるナディーヌの目の前に、黒く輝く天使の瞳がございました。その瞳に覗き込まれて、さすがのナディーヌも、「昨日の私、どうだったの？」とは問えませんでした。

「モジ、お腹がすかない？」裸のナディーヌが申しましたのは、ただそればかりでございました。


シャルロットは、夢の中におりました。

ショーマレー中尉であることをやめた男の指先が、自分の肌に触れるたび、シャルロットは、なにもない世界へ滑り出すようでございました。

濃紺《のうこん》の夜と輝く星。その下にございますものは、ただ一つ、自分の裸身ばかりでございました。夜の中に、ひときわ艶《なま》めかしく輝く月がございます。月は横顔を向けて、にじむように輝いております。

「どこかで、侯爵夫人がご覧になっている」

シャルロットは、それをぼんやりと感じました。

ムッシュー・ショーマレーの指が、いつの間にか白い女の指と変わるような気がいたします。目を閉じたシャルロットの耳に聞こえますのは、侯爵夫人の囁き声でもございました。

「可愛い人《マ・シェリー》、もっと見せて。もっと淫《みだ》らで、もっと美しい姿を、今、私の目の前で見せて……」

侯爵夫人のささやき声が、シャルロットの熱い体をうずかせます。すると、ムッシュー・ショーマレーの若々しい声が、耳許で聞こえるのです。

「シャルロット、シャルロット、私の可愛い人《マ・シェリー》……」

白く滑らかで、そしてふくよかな女の肌とは違う、勁《つよ》い男の腕が、熱になって消え去ってしまいそうなシャルロットの胴を、強く抱きしめます。

今までに一度だって起こらなかった陶酔が、シャルロットの内から浅ましいほどに湧き出してまいります。

「シャルロット、可愛い人《マ・シエリー》。恥ずかしがらないで、その脚をお開き。さァ、私の胸にすべてをあずけて」

侯爵夫人の白い指がシャルロットの秘密の場所を訪れた記憶が、今フィリップの訪れを受けて、忽《こつ》然《ぜん》と噴き出してまいりました。

「フィリップ……、フィリップ……」

シャルロットは、声を出さずにはいられません。この暗い星空の下に一人漂う裸身を、どうか、フィリップに引き上げてもらいたくて、シャルロットは、フィリップの首筋に手を伸ばすしかございませんでした。

太く勁い男の首。白くひんやりとした女の首とは違う、若く逞《たくま》しい男の首。張り切った厚い胸板。しなやかに勁い胴。夫の肉体がどうであったのか、もうシャルロットには思い出せません。いえ、それよりも、シャルロットは、一度として夫を、肉体を持つ男として感じたことがなかったことを思い出したのです。

乳房を持たない男。肌の下に確かな形を持つ、男の筋肉。それが今、シャルロットの肌で、指で、言いようのないほどに感じられます。つかもうとしてつかみどころのなかった侯爵夫人の体とは違う、確かなつかみどころを持った男の肉体を迎え入れて、シャルロットは、やっと自分がたどり着いてしかるべきところへ来たのだということを実感いたしました。

「フィリップ……」

その声が忍び出る唇を、ムッシュー・ショーマレーの唇がふさぎます。

若くて力強い男の唇。冷たい柘榴《ざくろ》のような女の唇でもなく、乾いた枯れ葉のような夫の唇でもない、若々しいムッシュー・ショーマレーの固い唇。この世にこれほど淫らなものがあってよいものかと思われるほどの熱い吐息《といき》と、したたかな舌が、シャルロットの唇を押し割って、シャルロットの腔中《こうちゅう》を攻め回します。腕を回し、吸いつく腰を引き上げられて、自《みずか》ら蠢《うごめ》くシャルロットは、既にして美しい獣《けだもの》でございました。

どこか遠くで硝子《ガラス》のベルが鳴るのは、ヴェルチュルーズ侯爵夫人が召使いをお呼びになるのでしょう。それを遠くに聴いて、シャルロットは、ムッシュー・ショーマレーの設《しつら》える快楽の穴倉へ、無限のごとくに落ちてまいりました。

星の光がささやきになって、「愛してる《アムール》」と、どこまでもどこまでも囁き続けます。なんといかがわしく響く声でございましょう。光は声となり、声は光となって、漂い落ちるその先には、勁い褐色の胸と腕とがございました。

女の真芯《ましん》に響きますものは、侯爵夫人の引き当てました、濡れるほどの快楽の鈴でございます。

「フィリップ……」

シャルロットの洩らします声は、既に侯爵夫人の声そのものでございました。

午後の日が差します。モンパルナスのカフェでございます。

「お腹がすかない？」と問われて、イタリア人のモジは、「でも、金がないんだ」と言いました。

「お金ならあるわよ」と言って、ナディーヌは、このぶっきらぼうで神経質な男に自分が惹かれているのだということに気づきました。

「不思議な人」

カフェのテーブルに肘《ひじ》をついて、ナディーヌは、唇の端からジタンの煙を吐き出すモディリアーニの横顔を、そう思いながら眺めていました。

「ねェ、モジ。なんであなたはあんな風に描くの？　あれじゃ、あなたの絵は売れないわよ」

モディリアーニは言いました。「僕は絵描きじゃない。彫刻家だ」

「どっちでも同じよ。あれじゃ売れない。どうして私を、あんな風に描くの？　私って、あんな風に見えるの？」

モディリアーニの横顔がゆっくりと傾いて、肘を突いた掌《て》の上に顎をのせたモディリアーニは、こう申しました。

「どう見えるかじゃない。重要なことは、僕がどう見るかだ」

「あなたが、見るの？」

「そう」

「私が見られるのでもなくて、私が見せるのでもなくて？」

「そう《シー》」

イタリア語で答える男の顔はつれなくて、悪戯《いたずら》っぽくて、そのつれなさが自分自身を美しく見せているることを、男はよく承知しているようでございました。

「じゃ、私も見るわ。あなたばかりが見ているんだったら、不公平だもの。いい？」男の答は、また「どうぞ《シー》」でございました。

「僕はどう見える？」

「あなたがどう見えるかじゃないの。重要なことは、私がどう見るかなの」

男の顔に驚きが浮かんで、それがゆっくりと崩れて行きました。

まるで、夏空を行く雲のような白い歯を覗かせて、その天使の瞳と漆黒《しっこく》の髪を持つ男は笑いました。男は観念したように手を広げて、「どうとも見ればいい」という態度を示しました。

ナディーヌは申します。「わがままね。ひとりよがりだわ。気取り屋。お金がなくて貧乏。女にだらしがない。すぐに女を捨てる――」モディリアーニはなにも言いません。

「否定しないの？」

「僕の知ることじゃない。問題は、君が僕をどう見るかなんだから」

「自分《エゴイスト》ばっかり！」

ナディーヌは言って、でも、自分がそのエゴイストに惹かれていることを、否定したりはいたしませんでした。

第二十三章

夢の後先《あとさき》

その夏の間、ナディーヌは暇を見つけて、モンパルナスの小さなアトリエへ出掛けて行きました。なにしろ、ブーローニュの森のほとりにございますお屋敷では、煩《わずら》わしい揉《も》め事《ごと》ばかりが続いておりましたから。

マダム・ボナストリューをお迎えに行かれたはずのムッシュー・ショーマレーは、そのままお戻りにはなりません。代わって、離婚の訴えをお起こしになりましたマダム・ボナストリューの代理の弁護士がやってまいりました。離婚の請求理由は「夫の不貞」でございます。

夫にそれをさせました相手が誰とは、さすがにお話には出ません。いくらなんでも、そのお相手が妻の妹では外聞が悪うございます。ムッシュー・ボナストリューは頭を抱えられまして、ナディーヌも素知らぬ顔をいたしました。それを申しますのなら、ナディーヌもまた、被害者ではございました。

姉のシャルロットが離婚を申し出て、妹のナディーヌには、姉の夫を盗《と》ったという気はございませんでした。かえって、姉が自分の恋人を盗ったのだと、そのように思い返しておりました。人の恋路にまつわることでございます。ここに善と悪との境はございません。ただ、その恋が法に定められる婚姻《マリアージュ》でありますことが、さもしい言立《ことだ》てを求めますのでございます。

　妻に家を出られたムッシュー・ボナストリューは、なにやらうめき声を上げたいほどの日々を送っておいでになりました。毎年のことでございましたなら、クリュノールのお里で夏のヴァカンスをお過ごしにもなりますのに、それもなりません。アンリエット叔母様が、母に置き去りにされました幼いアンヌを連れてお里帰りをしたいとお申し出になりましたが、ムッシュー・ボナストリューは、それをお許しにはなりませんでした。お里でどのような話が出るのかは分かりません。それがご心配の、ムッシューでございます。

　そこで、女主人を欠いた一家は、夏のヴァカンスをノルマンジーで過ごすこととなりましたが、口うるさい叔母様や、なにやらとりとめのなくなりましたムッシュー・ボナストリューと海辺の保養地で面突《つらつ》き合わせをいたしますほどに、ナディーヌは愚かでもございませんでした。秋の季節《セゾン》の演し物《だもの》がございますという口実で、炎熱のパリに残りました。

　その夏が、どれほどナディーヌには心地のよいものでございましたか。

　人気《ひとけ》のなくなりましたパリのカフェには布の日除《バンヌ》けが下ろされ、我《が》の強いムッシュー・モディリアーニと、気の強いナディーヌ・マルヴジョルとは、日がな一日、その濃い陰の下で嚙み合わぬ話をしておりました。

　ナディーヌには、芸術家というものが理解出来ません。ナディーヌはただ、自分を受け入れ、自分を理解してくれる男性《ムッシュー》ばかりを求めておりました。ところが、そのムッシュー・ボナストリューは、とりとめがございません。妻に逃げられたと知った時には、「なんでもないこと」とたかをくくり、ついで腹を立て、深酒に日々をお過ごしになって、鬱々《うつうつ》としたお嘆きの色をお見せになりました。奥様に対する罪の意識でございましょうか。かたわらにおりますナディーヌには、大層よそよそしいお色をお見せになります。やがて、奥様から離婚のお申し立てをお受けになりまして、その後は打って変わったように、ナディーヌにすり寄るようになされました。自分の庇護者でもあった方の醜態《しゅうたい》を見て、ナディーヌは、初めて「興醒《きょうざ》め」ということを知りました。

自分を分かろうとしてすり寄って来る。旧知の仲であることをよいことにして、慰めばかりを求める男。それがどんなに情けのないものかということを、ナディーヌは目の辺《ま》りに知り、我がことして胸に刻みました。そんなナディーヌにとって、ムッシュー・モディリアーニは、大層不思議な、気のおけぬ相棒《あいぼう》ともなりましたのでございます。

この、彫刻家を自称する貧しい絵描きは、自分のことしか考えません。「自分ばっかり《エゴイスト》」と言われても、それが芸術家に必須《ひっす》の後光のようなものと考えまして、一向に改めようとはいたしません。改めるどころか、「僕の知ったことじゃない。それは君の世界観の反映だ」とばかりに、恬淡《てんたん》となさっておいでです。ナディーヌは、そのムッシュー・モディリアーニの傲慢《オルガーユ》を、美しく心地よいものと思いました。

それはたとえば、日盛りの夏の空にそびえて光を撥《は》ね返すエッフェル塔の、美しい鉄の骨組でございます。春の曙《あけぼの》、秋の黄昏《たそがれ》に、美しい黒レースのような姿を見せますパリの塔は、革命記念日の夏空の下で、したたかに美しゅうございました。

それはたとえば、白茶けた土埃《つちぼこり》をうっすらと積もらせました夏の敷石を低く見て、涼やかに葉を鳴らす、マロニエの繁みでございます。高く、青々と澄んで、人の手の届かぬところで、炎暑の日盛りを涼風に変えます。

濡れたような黒い髪、黒く澄んで静まり返った夜の泉のような瞳が、ナディーヌの言葉を吸い込んでしまいます。

「僕がどう見えるかは、僕の問題じゃない。僕の外側にいる何千何万の人の思惑、それを一々真《ま》に受けるわけにはいかない。そんなことは不可能さ」――そう言って、ムッシュー・モディリアーニは恬淡としておいででした。それでナディーヌは、目を悪戯《いたずら》っぽく輝かせ、このようなことを申しました。

「でも、人の思惑というものも少しは考えないと。でないと、あなたの彫刻はいつまでたっても売れないわ」

　ムッシューのお答は、その時々で様々でございました。

　一番ご機嫌のよい時は、ほんのちょっと口ごもって、それから言い訳をなさるように、「いや、僕は僕のままでいいんだ」と小学生《エコリエ》のような強がりをなさいます。ご機嫌の悪い時には、「うるさい！」です。

「うるさい！」と怒鳴られて、でもナディーヌは腹が立ちませんでした。「この人はこういう人なのだ」と思い、ナディーヌはわずかばかりの隔ての距離をおいて、このイタリアからやって来た美しいエゴイストを黙って見つめておりました。そうしてナディーヌは、不思議なことに気づいたのです。

　自分は、この人に愛されようと思ってはいない。自分は、この人をただ眺めている。自分の胸の中に開いた傷を、この人に埋めてもらおうとは思わないという、そんな不思議な気持ちでございました。

「この人と自分とでは住む世界が違う」――ナディーヌは、そのように了解いたしました。「住む世界の違うこの人は、なぜ自分の方に歩み寄らないのだろう」――初めそのように思い、少しばかり苛《いら》立《だ》ちましたが、それはすぐになくなりました。夏のナディーヌは、人に踏み込まれぬ安らぎを知り、それを愛するようになりましたのです。

　ナディーヌは、違う世界に住むその人の胸の中に、ほんの少し足を踏み入れようかと思いました。

でも、それは出来ませんでした。その人は、自分の創り出す作品のことばかりを頭に思い描く芸術家で、ナディーヌは、芸術家というものが理解出来ない娘でした。

もしも、その時のムッシュー・モディリアーニが高名な芸術家であったなら、話はまた違っていたかもしれません。芸術家のなんたるかを理解する気のないナディーヌは、「高名」という通りのよさばかりは、十分に理解する娘でもございましたから。

有名な人、名高い人、それだけでその人にはなにかがあると思って胸をときめかせてしまう浅薄《せんぱく》な娘――それがナディーヌでございました。

ナディーヌとムッシュー・モディリアーニの仲は、その夏限りで終わりました。ナディーヌは名もない芸術家のことを忘れ、ムッシュー・モディリアーニも、気まぐれな金持ちの娘のことを忘れました。その十年後、ムッシュー・モディリアーニは、不遇のままに世を去ります。アメデオ・モディリアーニの名が世界中に広まりますのは、その後のことでございます。

ナディーヌは、その人の作品を、その人のものと知らぬままに見る機会がございました。不思議に面長な肖像の並ぶ展覧会《エクスポジション》で、発音しづらいその人の名を見て、「これはあの時の、あの人――」と思いました。そして、ムッシュー・モディリアーニの描いた絵の、小首を傾《かし》げたモデル達が、皆一様に澄んで美しい瞳を寂しげにする人達であることを見て、ナディーヌは、黒い瞳の若者の胸の内にあったものがどんなものであったかを、ようやくに知りえたと思いました。ナディーヌは、そのような娘でございました。

「女優になりたい」と言ってパリに出て来たナディーヌではございます。「女優は芸術家だ」という言葉も知っておりますナディーヌではございますが、そのナディーヌに、目の前にいる芸術家を理解しようという気はございませんでした。それが出来ない自分を恥じるという心もございませんでした。ナディーヌはただ、女優という職業を、華やかで人からちやほやされるものだとばかりに存じておりました。

ドゥミ・モンドという言葉がございます。宮廷女性《クルティザンヌ》という言葉もございます。どちらも、ある種の女達を指し示す言葉でございました。ナポレオン三世が退《しりぞ》かれました一八七〇年からこちら、フランスには国王や皇帝という方々はおいでになりません。宮廷《クール》というものもございません。それであれば、宮廷女性《クルティザンヌ》なるもののありようなどはございませんのですが、しかし、皇帝と宮廷がご健在でありました前《さき》の世紀《シエクル》の半ばにおきましても、クルティザンヌを実際の宮廷に結びつける人などはおりませんでしたでしょう。クルティザンヌと申しますのは、その当時、殿方がお集いになります場所でお相手をいたしました、華やかな装《なり》の遊女《あそびめ》でございましたから。

美しく着飾って、殿方の気を惹《ひ》くことばかりをもっぱらにいたしておりました。その高級娼婦《しょうふ》の住む世界を、アレクサンドル・デュマ二世《フィス》は、「贋社交界《ドゥミ・モンド》」と呼びました。ドゥミ・モンド、あるいはクルティザンヌと呼ばれます者は、その「贋社交界の女」なのでございます。

恋のやりとりがございました。大きな金銭の出入りもございました。その世界で、恋ばかりを求める男は恋ばかりを、金銭ばかりを求める女は、金銭ばかりを見ておりました。贋宮廷《ドゥミ・クール》を華やかに泳ぎ回る恋のお相手――それが贋貴婦人《クルティザンヌ》でございます。後に「椿姫」と呼ばれることになりますアルフォンシーヌ・プレシスも、その一人でございました。

ですが、贋貴婦人の時代は去りました。宮廷というものをなくしたパリの社交界の主役は、もう娼婦ではございませんでした。人の妻となってマダムと呼ばれる女性。その方と一対の夫婦となられる殿方。着飾った夫婦が睦まじく手を取り合ってお出ましになられる場所、それがこの世紀《シエクル》のパリの社交界でございました。美しく華やかな恋に生きる女性——その幻ばかりは強く輝いて、でも、ナディーヌの憧《あこが》れたパリに、「椿姫」は存在しなかったのでございます。

サラ・ベルナールの演じます「椿姫」の噂を遠くに聞き、ナディーヌ・マルヴジョルは女優に憧れました。ですが、おませな田舎地主の娘ナディーヌの憧れましたものは、サラ・ベルナールが演じて見せた美しい虚構の存在——もう存在しない「椿姫」という名の高等娼婦だったのでございます。

パリの社交界に、恋は健在でございました。ただ、哀れなことにその恋は、慣れぬ人の手にかかれば、「不貞」だの「離婚」だのという、美しからぬ黴《かび》を生やすものにもなり変わっておりました。あるいは恋というものは、夜の闇の中でこそ輝く、美しい真珠母《しんじゅも》のようなものでございましょう。揺れ動くことのない電気《リユミエール・エレクトリク》の光が、星が瞬《またた》き燭台の灯が揺れ動く夜の美しさを、きっとどこかへ追いやってしまいましたのでしょう。それで、恋も社交も、なにやらぎこちのないものになってしまったのかもしれません。

ナディーヌの憧れたものは、もうパリの街のどこにもございませんでした。

パリに来たナディーヌの手を引いた人は、社交界にふさわしい大富豪でございました。ひそやかな恋もまたございました。でも無粋《ぶすい》なことに、その人は姉の夫。心のままに生きようとしてナディーヌは、夢の掛け布《タピスリ》を引き破るばかりでした。

姉の夫のしでかした不貞の共犯——それが、ナディーヌの恋の正体でございました。

恋のさざ波を起こす社交界は、もう夢幻の湖。さざ波立つ幻の湖で浅瀬に乗り上げた舟は、訴訟だの弁護士だのという味気のないものの宰領《さいりよう》する場所へと引き出されます。夫との離婚を言い出したシャルロットは、幻に似た恋に生き、恋に憧れたナディーヌは、逃げ場のない現実の上で生きるしかございませんでした。

現実の中にございます夢というものは、自分ばかりで完結した、大理石の塊のようなもの。だからこそ、それを鑿《のみ》と鏨《たがね》で彫り出さねばなりません。彫刻家を志したアメデオ・モディリアーニは、まさにそれをいたしておりました。ですが、ナディーヌに芸術は分かりません。鑿と鏨で、現実から夢を彫り出すほどの力もございませんでした。

味気ない恋の行末、味気ない現実。そこに超然とする、夢の自己完結。ナディーヌは、何人かの男と関わって、そしてその後、「マダム・ボナストリュー」と呼ばれる存在になりました。そんなナディーヌを、あなたはどうお思いになりましょう？　さぞかし、つまらない女とお思いになりますでしょうね。


そう言って、私の目の前の老婦人、アンヌ・ボナストリューはにっこりと笑った。

第二十四章

ナディーヌ、シャルロット、そしてアンヌ

シャルロットとエミールの間に生まれたボナストリュー家の一人娘、アンヌ・ボナストリュー。八十歳になる彼女の口から母と叔母とにまつわる話を聞いたのは、一九八九年のこと。場所はヴェネツィア、大運河に臨む彼女の住居《メゾン》の一室だった。

ヴェネツィアで最も高名なガラス工房の主宰者、アンヌ・ボナストリュー。彼女の名を知り、彼女の知遇《ちぐう》を得ようとして果たせないままだった私が、いつの間にか、彼女の友人になっていた。

私はその以前から、彼女に会いたいと思っていた。彼女の工房が造り出した色硝子《ガラス》特に「ヴェニス《ルージュ・ヴェニ》の紅《シャン》」と呼ばれる色に、私は魅せられていた。それを造り出したのが女性だと聞いて、ぜひとも会いたかった。その頃の私は救いを求めていて浅ましかったから、「会いたい」と思う心を止められなかった。七十歳を過ぎて、現役を退《しりぞ》いた彼女は、ほとんど人に会わないという。商談の席で人に煩《わずら》わされるのはいやなのだということだった。私は別に、商売の話で彼女に会いたいわけではなかったが、そのような形で人に面会を求められることも多い人なのかと、その立場を羨ましく思いもした。

その頃の私は、シャルロットのように夫に裏切られ、シャルロットのように、夫以外の男と恋に落ちていた。私とシャルロットの違いは、私が恋に落ちた相手がフィリップ・ショーマレーではないことで、恋に落ちた私の立場は、ナディーヌと同じようなものだった。おそらく私は、ナディーヌでもあった。

私は、人生というものが穏やかなものだと思っていた。そうでないのなら、それは私の人生が人並み以下のものに転落した結果なのだろうと、なんとなく信じていた。私は甘やかされた、自分の世間知らずに気づかない、いたって世間並みの日本女だった。夫と結婚して子供を得て、その穏やかな生活に満ち足りて飽きて、自分にはそれ以上のもっとましな人生が約束されていて当然なのだと、傲慢《ごうまん》にも信じていた。娘を人に預けて仕事に出て、私はその時からはっきりと、世間知らずの女になっていたのだろう。

私の夫は、裕福な家の息子だった。その夫と周囲の反対もなく結婚が出来たのだから、私もまたそれなりの女ではあったのだろう。私は、夫の家の裕福に憧《あこが》れだけを見て、それを特別だとは思わなかった。なにしろ私は、夫と結婚が出来たのだから。おそらく、私のような考え方をする女は、日本にはいくらでもいる。だから私は、自分の考え方を疑おうとはしなかった。だから夫も、いくらでも浮気相手を手に入れることが出来た。

結婚して娘を生んで、既にその時、夫は浮気をしていた。私が仕事に出た時、夫は歴然と女を作っていた。私が仕事に出ることを夫が反対しなかったのは、それをすれば、彼との間で作る家庭というものがより希薄なものになるからだった。夫は、家庭というものに責任を感じない男だった。そして、それを言う私もまた、夫の不実をよいことにして、一向に家庭なるものを顧みない女だった。夫はエゴイストで、それと一緒になった私もまた、夫にふさわしいエゴイストだった。夫と私との違いは、夫が人を騙《だま》すことに平然として、私が人から騙されることに逆上するという、ただそれだけの違いだった。

私は、大学で学んだフランス語という特技を活かして、ある高級輸入代理店に職を得た。結婚後も、フランス語のレッスンは積んでいた。私は、自分が自分にふさわしい特別な地位を得たようで、得意だった。家庭以外のところに女を作った夫の心理も、あるいは似たようなものだったのかもしれない。私達は、どこまでも似たもの夫婦だった。おそらく、夫婦というものは、似たものであることの怠惰によって成り立つものなのだろう。

私は、夫の浮気を知って逆上した。私が逆上することによって、夫は心を入れ直すものだと思っていた。しかし、夫にとって、浮気というものは特別なものではなかった。特別なのは、彼にとって、結婚の方だった。彼の中に、結婚生活を成り立たせようとする気がないのだということを知って、私は茫然《ぼうぜん》とした。彼にとって私が特別な女でもないのだということを知った時、私の混乱は極に達し、それを覆うための虚栄心もまた、同様になっていた。

私は、「夫の浮気に傷ついた女」にはなりたくなかった。それなら、なにになりたかったのか。私には誇りがあると思った。無意味な誇りと自負心が、まだなにかの意味を持つものだと信じていた。夫に裏切られた。それの当てつけで他の男に走ろうという気は、なかった。その代わり、この傷ついた私を誰かが受け入れてくれるのは当然だと、信じていた。哀れな私は、哀れな私であることによって美しい救いを得る——私はそのように信じていたのだろう。哀れの中にいて十分な哀れを演じていた私は、さしのべられる恋の手を得た。その相手はもちろん、ショーマレー中尉のような人ではなかった。夫と同じような男がいくらでもいて、夫との平穏を取り戻したいと思うだけの私は、夫と似たような男にしか心を向けられなかったのだ。

私は、恋の数を演じるナディーヌのようなものになっていた。夫に従属する主婦になどなっていたくないと思った。私は、職業《キャリア》を得て自立を果たせる女なのだと信じていた。虚栄心で生きていることに気づかない私にとって、仕事の存在する場は、パリの贋社交界《ドウミ・モンド》と同じだった。体を投げ出せば仕事を達成することが出来る。その罪の意識は、私をなおざりにする夫が引き受けるべきものだと思っていた。私が贋社交界《ドウミ・モンド》で男に見せる笑みは、十分に仕事の成果へとつながって、私は自分の生きる世界を、自分で贋社交界《ドウミ・モンド》に変えていた。

やがて離婚。夫にあてつけるように恋の数は増えていきそうで、しかしそうはならなかった。世間の女がみんなするような虚栄心の道を、私もまた間違うことなく歩いていた。

立派な女、素晴らしい女、生きて男にすがらぬ女、誇りに満ちた自立を達成した女——そういうものになろうと、私はまた別の虚栄心の道を歩き出していた。仕事に生きる私は、ある程度以上の責任ある地位をまかされた。海外出張も自由になった。私は、ヴェネツィアで一番と言われるアンヌのガラス工房を知り、そこに積極的に食い込んだ。「ヴェニスの紅《ルージュ・ヴェニシャン》」の創造者であるアンヌ・ボナストリューという女性の存在を知り、彼女に会いたいと思った。

彼女は私にとって、「価値ある女」を実践してくれるはずの人だった。彼女と知り合いになれば、私の地位も上がる——そのように信じていた。しかしアンヌは、日本から金を運んで来るだけの女に対して、いかなる関心も持ってはくれなかった。「傲慢な西洋人」——私はその言葉を知っていて、それですべては片がついた。「いつか彼女も平伏《ひれふ》すだろう」と、多くの日本人と同様に、私もまた金の威力を信じていた。

しかし、そんな私を揺さぶったのは、まったく別のものだった。夫との間に出来た娘が五歳になって、心というものを病むようになってしまった。幼い娘に心があるなどと、私には信じられなかった。壊れた機械のように、娘を修理に出そうとさえ思っていた。「どうして私の足を引っ張るの！」と怒りながら。しかし、医師は言った。「お嬢さんの荒廃は、あなたの心の荒廃の反映ですよ」――そう言われて、私は、やっと気づかねばならないことに気づいたのだ。

それから三年、私の生活は娘を中心にするものと変わった。娘を癒《いや》すことが自分自身を癒すことなのだと気づいて、私の中の張り詰めていたものが、すっと溶け落ちたような気がした。離婚の際にも、「娘だけは絶対に手放さない」と言った。それは、娘への愛情からではなく、負けを認めまいとする、私のエゴだった。エゴの中で育って、娘は十分に傷ついた。自分自身の傷を見ない私に、自分以外のものの傷は見えない。傷とはただ、敗者の徴《しるし》でしかなかった。

私は、娘に申し訳ないと思った。そう思うまで二年かかった。それから三年間、私の生活は娘を中心にして動いた。私は娘に、仕事を続けていてもいいのかどうかを尋ねた。娘は、そんなことを改めて訊《き》く自分の母親を不思議がった。「どうしてそんなこと訊くの？」――それを言うことによって、娘は私を許してくれていた。それにさえなかなか気づかない、うかつな母親だった。ヴェネツィアにいたアンヌ・ボナストリューに会えたのは、それからしばらく後のことだった。

不思議なことに、アンヌは私を知っていてくれた。当然それは、あまりいい知り方ではなかったけれど。「アンソールの絵のような不思議な形相《ぎようそう》を剝き出しにする日本女《ジヤポネーズ》」――それがアンヌの知る私だった。

「なにがあってあなたは変わった？」

仕事を離れた食事の席で、アンヌは私に尋ねた。私は、限度を超えぬようにして、自分自身の恥を語った。アンヌと私は、徐々に親しくなっていた。

アンヌ・ボナストリューは、不思議な人だった。もちろん、老女の表情は見せている。しかし、彼女は上品で澄んでいて、しかも、威厳に満ちていた。威厳のある女性――それが、美しくも優しい女性であるのだということを、私はアンヌによって初めて知った。「威厳《ディニュイテ》」というフランス語は知って、しかし「威厳」という日本語を知らないでいた私にとって、それは当然のことだったかもしれない。

私と娘の話を聞いて、アンヌは、彼女の母と叔母との話を始めたのだった。

「ナディーヌは、私のことをこわがっていたのだそうですわ」

アンヌ・ボナストリューは、そう言って微笑《ほほえ》むと、彼女の母達の話を続けた――。

不思議ですわね。私はなにも存じませんでした。私は、ナディーヌを実の母だとばかり思っておりましたから。

シャルロットが家を出ましたのは、私が一歳の時でございました。私がなにを知るわけもないのでございますわ。

シャルロットの起こしました離婚の訴訟は長引きました。その理由は、私のためでございます。実の娘を可愛くないと思う母親はございません。ですからシャルロットは、離婚に際して、私の養育を主張いたしました。ところがそれを、絶対に許さないと申しますお人がおりました。アンリエットの大叔母でございます。

「夫を捨てて他の男へ奔《はし》った女に、娘の養育など許されるわけがない」と、アンリエットの大叔母は申しました。

「それが火遊び《アヴアンチユール》であるならともかく、夫を捨てて他の男と添いとげたいと言う女に、それを求める資格などはない」と、アンリエットの大叔母は、不思議なほどに強く申し立てましたそうでございます。一つには、パリのお屋敷《メゾン》で掛《かかりゆうど》人になっておりました御自身の責任ということもございましたのでしょう。家を出たシャルロットが訴訟を起こしたと聞いた時には、「私の監督の不行き届きがたたってこのようなことに――」と、お怒りやらお嘆きやらで、大変なことだったそうでございますから。

人の妻となった女に、後見《うしろみ》やら監督などというものがいりますでしょうか？　ですが、それを申さねば、アンリエットの大叔母の立場はございませんでした。

ナディーヌとムッシュー・ボナストリューの関係を、アンリエットの大叔母は存じませんでした。それが争いの種になっても、アンリエットの大叔母は、耳を貸しませんでしたし、信じようともいたしませんでした。子のある女が、子を捨てて家を出た。アンリエットの大叔母にとって、それ以上の罪悪というものはございませんでしたから。

「女の方から離別を言い立てる、それさえもが浅ましいその上に、子までよこせとは何事」と、怒ったアンリエットの大叔母は、そのことをシャルロットに書き送りもいたしました。それに対するシャルロットからの返事も、私の家には残っておりました。大層美しい文字を書く人で、匂うほどの花の様子が、その人の文字の向こうに見えましたの。

今でもその文言《もんごん》は覚えております――。

「叔母様のご言い分はごもっともなことと存じます。私がなにを申し上げても、叔母様にはお分かりのないことと存じます。抗弁《こうべん》は一切いたしますまい。アンヌは恋しゅうございます。人も恋しゅうございます。女の真実《ヴエリテ》は、ただ胸の内ばかりでございます」

私の生みの母は、そのように書き送りました。「アンヌは恋しゅうございます」と書かれてある花のような美しさばかりが、シャルロットと申します私の母の姿でございます。

シャルロットは、私を引き取りたいと申します。アンリエットの大叔母は、言語道断《ごんごどうだん》として斥《しりぞ》けます。それをよいことにして、私の父は胸内の真実《ヴエリテ》を隠すことにいたしました。

真実《ヴエリテ》とは、ただ胸の内に隠されてあるばかりのこと。隠されてしまわれて、そして、それがそのまま見えなくなってしまわなければよろしいわね。

そう言ってアンヌは私を見た。そして、穏やかに言葉を続けた——。

女の真実《ヴエリテ》は、ただ胸の奥にしまい隠されるもの——それが、遠い昔に終わったことでなければよろしいわね。

終章
大運河、あるいはシベリアの紅《ルージュ》

シャルロットは、「夫の不貞」を訴え出ました。ムッシュー・ボナストリューは、それを事実無根として、改めて「妻シャルロットの不貞」をもとに、離婚を訴え出ました。

あなたは、どちらが分かりやすいとお思い？

男を作って家を出た女が、夫と妹の不貞を申し立てて、娘の養育を主張する。男を作って家を出た女が、我が身のほどをかえりみずに、娘の引き取りを主張する。どちらが世間には通りやすいかしら？

私の父は、ナディーヌとの関係を濡《ぬ》れ衣《ぎぬ》と言い立て、シャルロットを「浅ましい女」に仕立てようとしました。それが、世間には最も通りのよい筋道だと、ムッシュー・ボナストリューはお考えでした。「夫の不貞」を訴え出るのなら、「夫の不貞」ばかりを訴え出ればよい。「夫の不貞」を訴え出る女が男を作ってしまったら、もう訴え出る女の言い分はございませんの。女の真実《ヴェリテ》は、ただ、女の胸の内にあるばかりのこと。それを抱える胸は痛みましょう。痛むばかりの真実《ヴェリテ》を抱え、女は、それの通らぬ世の中におりました。世の表面《おもてづら》とは、男女のことを知らぬままに年老いてしまったアンリエットの大叔母様を納得させるためにあるものらしゅうございます。

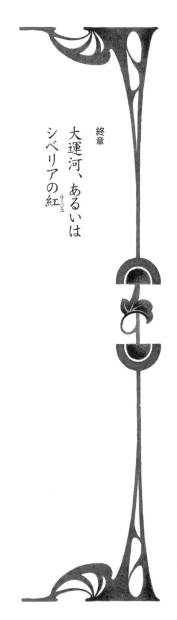

それはあったか、なかったか。ムッシュー・ボナストリューとナディーヌの仲を証明するものなど、なにもございません。パリ中の新聞が、浅ましい争いを書き立てました。

自分の妹と道ならぬ仲になった夫が、それを認めない。それが、シャルロットの胸に激しい憎しみを生みました。憎むことが、まるで夫への愛のようにもなる。それがシャルロットを悩ませました。新しい男の腕に抱かれ、別れた夫への愛に身悶えする。シャルロットは、そうなりかねない己《おのれ》の浅ましさを憎みました。シャルロットは、もうパリへは戻れません。故郷へも戻れません。ムッシュー・ショーマレーのお里に隠れ住むようになり、そして、イタリアへと移りました。このヴェネツィアでございます。

男に狂ったシャルロットはヴェネツィアへ逃げ、我が身の言い分を立てるため、娘の養育を主張した――パリの人々はそのように信じました。逃げた人の味方をする者は少のうございます。

「傷ついたムッシュー・ボナストリューのお心を慰めるナディーヌ」という写真が、パリの新聞の社交欄には載りました。ヴェネツィアの新聞の社交欄には、「恋の逃避行《とうひこう》を遂げたマダム・ボナストリューとムッシュー・ショーマレー」のお写真が載りました。哀れにはかなげなシャルロットと、凛々《りり》しくお強いムッシュー・ショーマレー。その二つの写真を見比べて、争い合う男女の仲の愚かさを笑うお方は、ヴェルチュルーズ侯爵夫人ただお一人だったかもしれません。

恋の情熱は、それを信じる人にとっては、気高く美しいもの。それを排する人にとっては、浅ましい身勝手。私は、自分の母をそのような形で知りました。

十五の歳まで、私はシャルロットという人のことを存じませんでした。私はナディーヌを、実の母と思っておりました。それを知りましたのは、家にございました古い新聞の記事によってでございます。

このボナストリューの家には、以前不思議な争い事があった。「シャルロット」なる女性とは一体何者なのだろうと思います私は、胸騒ぎのようなものを感じながら、ナディーヌに尋ねました。

初めナディーヌは、そのことを隠そうといたしました。そのことはなかったこと、シャルロットなる女性は、もうボナストリューの家では存在しないことになっておりました。

私は、母のナディーヌに古い新聞を見せまして、「この私と同じアンヌという名前の子供は誰?」と尋ねました。「マダム・ボナストリュー、ついにアンヌをあきらめる」という見出しのついております記事でございました。

その時のナディーヌの顔は、よく覚えております。悩みなどなにごともないようにしていた美しく陽気で明るい人の顔が、別人のように見えました。

ナディーヌは大変に美しく、大らかで、誰よりも頼りになる母でございました。その母でなければ、私もまた、そのようなことを聞き出そうともいたしませんでしたでしょう。

「その人が、あなたの実の母なの」

ナディーヌは、耳を疑うようなことを申しました。それを申しますナディーヌの顔は、刹那《せつな》、私の母ではなくなっておりました。

ナディーヌの胸の内にもまた、女の真実《ヴエリテ》はございました。シャルロットがショーマレー中尉を求めましたように、ナディーヌもまた、私の父を求めました。求めてどうなるものでもないという思いが、姉のシャルロットへの憎悪ともなりましたが、ナディーヌは私の父を、真実愛しておりました。

ナディーヌは、自分のしたことをよく知っておりました。ムッシュー・ボナストリューへの愛が、姉のシャルロットを逐《お》うことになった——それを知る人が、ナディーヌでございました。ナディーヌは、それを忘れることが出来ません。なぜならば、マダム・ボナストリューとなりましたナディーヌのそばには、この私がおりましたからでございます。

ナディーヌは、ムッシュー・ボナストリューとの間に、三人の子を儲《もう》けました。上の二人は男の子でございます。息子を得た父は、それを大層可愛がりました。あれほど「妻には渡さない」と言い張っておりました私を、父が疎《うと》んじるようになったのは、ナディーヌが弟を生みました後でございます。

ナディーヌは、私と三人の子を、まったく分け隔てなく愛してくれました。私は、ナディーヌが母であることを、まったく疑いませんでした。でもしかし、その私を見るナディーヌの胸の内はどうでございましょう。ナディーヌは私の中に、自分の逐った姉の面影を見ておりました。

「憎んでそれをしたのではない」と思いますナディーヌは、私に憎まれることだけをひたすらに恐れておりました。私に真実を知られることを恐れ、それを知った私が、いつかナディーヌを憎むようになるのではないかと。

シャルロットという人が実の母だということを知って、でも私は、ナディーヌを憎みませんでした。憎みようがありません。ナディーヌは真実私の母であり、私は真実、ナディーヌの娘でありたいと思いました。だからこそ私は、シャルロットを恋しいとも思いませんでした。

私を捨てて七年後、ロシアでは革命が起きました。アフリカで人のエゴというものを知ったムッシュー・ショーマレーは、人民の作ったロシアの国こそが、真実人の住むべきところだと思いました。

男の恋と女の恋とは違いましょう。ムッシュー・ショーマレーの恋は、革命の地にこそあったのでございますから。

シャルロットは、人の泥沼と孤独から抜け出すために、ショーマレー中尉の手を求めました。シャルロットを得て、ムッシュー・ショーマレーはなにをお手になさったでしょう。軍隊を捨て、パリを捨て、そして、シャルロットの情人《アマン》というお立場ばかりを手に入れました。人の世を逐われた女にとって、愛する人と共に世をさすらうことは、決してつらくはございません。それでは、愛という重荷を背負うことになりました男は、どのように思いますのでしょう。

ムッシュー・ショーマレーは、ご自身の生きるべき「地」をお求めになりました。

当時の男達にとって、ロシアの革命というものは、なによりも熱い恋でございました。フィリップも変わりません。誰よりも恋に誠実なお方でしたのでしょう。

シャルロットとフィリップは、ヴェネツィアからロシアへと向かいました。人の出入りのうるさい時代でございました。一度ロシアに入れば、もう二度と出ては来られない。それを覚悟のロシア行でございましたのでしょう。恋に生き、情熱の赴《おもむ》くまま、理想へと突き進んだ二人は、どうなりましたのでしょう。

革命のロシアへ潜入いたしました二人は、スパイの容疑で捕えられ、シベリアへ送られました。別れ別れになって、その後は知れません。おそらく二人は、お互いを求めながら、飢えと寒さに死にましたのでしょう。その先は、ナディーヌも知りませんでした。ただ、「ボルシェヴィキの国へ行った」と申しました。

それを聞いて、十五の私は、母なる人を憎みました。我欲《エゴ》に殉《じゅん》じて逃げた母。私を捨て、男と共に逃げた母。十五の私にとって、母とムッシュー・ショーマレーの送られた収容所《ラーゲリ》なるものは、恋する者にとっての楽園に等しくもございました。

それきり私は、シャルロットを忘れておりました。思い出す必然もございません。私は恋を知り、夫を知り、このヴェネツィアへ嫁《とつ》いでまいりました。夫に死なれ、茫然《ぼうぜん》として、その時に不思議な話を聞きました。

ご承知とも思います、一九五三年にスターリンが死にますまで、ソ連のことはなにも知られずにおりました。何百万もの人が、スターリンという一人の男のエゴと猜疑《さいぎ》のために殺されました。私の母も、その一人でした。彼《か》の地にあったのは革命ではなく、革命という名の暗黒でした。ムッシュー・ショーマレーは、粛清《しゅくせい》という名の残虐によって殺されました。革命という恋に裏切られ、男は無残に死ぬのです。私の母は幸運でございました。愛する男が恋に破れ、無残な死を迎えたことを知らぬままに死にましたのですから。

不思議な話とは、赤い色ガラスでございます。知る辺《しるべ》ともなる人が話してくれました——「哀れな首飾り《パンダンティフ》がある」と。赤い色ガラスが粗末な麻紐《あさひも》に吊るされ、女の胸を飾っていたと申します。シベリアの収容所《ラーゲリ》にいた女の遺品だと申します。愛する男と引き離された女は、収容所の地に落ち散ったガラスのかけらで、そのようなものを作りました。寒さの中、明日をも知れぬまま、凍え死ぬのを待たされているばかりの女。戯れに男の慰みものにされることを甘受《かんじゅ》しなければならない女が、生きる希望を断たれた中ですがりました、紛《まが》いもののルビー。知る辺の人はそのような話をして、その遺品なるものを見せてくれました。「あなたのところにある硝子《ガラス》と、どちらが美しいか」などと言いながら。

それは粗末な色ガラスでございました。それを手にして、光にかざして、私はその刹那、母を思い出しました。母として、シャルロットが私の胸に訪れましたのは、その時が初めてでございました。人は心を見ます。見るべきものの向こうにございますものは、人の心でございましょう。私は、その哀れな飾り物に、「母」を直感いたしました。そこにあるものは、「恋しい」と思う心の色でございました。

鮮やかな赤、どの赤よりも赤い鮮やかな赤。人を恋うる血潮の色。無残なゴミが、人の心の赤ともなり変わる奇蹟。

私は、母に会いたいと思いました。母の血の色を見たいと思いました。この身に流れるものと同じ血を持つ女の色を、我が身にも備えたいと思いました。

死んだ母に会うため、私はシベリアにまいりました。私がなぜそれをしたと、あなたは思《おぼ》し召されます？

私は、母を哀れと思いに、母なる人の不幸を我がものとするために、四十を目前とする年に、シベリアへとまいりました。


私はそれまでに、一度も不幸と呼ばれるものを経験したことがございませんでした。夫に死なれた時、初めてそれを知りました。悲しくないわけではなかったけれど、死ぬほどに悲しくはなかった。私は、一度も不幸ではなく、一度も幸福ではなかったのだと思いました。

身を切るような不幸に会いたい。不幸に死んだ母に会いたい。それが、娘としての義務だと思えました。この身が母の体から受け継がれたものならば、同じように、母の残した不幸も受け継がなければならない。不幸に立ち会うことを恐れてはいけない。私は、そのように思いましたの。


不幸が、どのように見えるのかご存じ？　不幸というものは、まったく幸福と同じような顔をしておりますのよ。

シベリアの地にまいりまして、私はどこにも行けませんでした。ただ見遥《みはる》かす大地を眺め、雪の中に死ぬ人のことを思いました。季節は夏。ソ連政府は、私が収容所《ラーゲリ》の跡を探すことなど、許してはくれませんでした。

美しいシベリア。母なる大地。そこにいつでも人は死ぬ。雪の中に真っ赤な血の色を残して。私が職人達に造らせたのは、シベリアの赤、不幸の赤。「ヴェニスの紅《ルージユ・ヴエニシヤン》」は、シベリアの赤。生きることの歓びばかりを求めて、人は不幸であることを忘れてしまうのね。美しいことは、不幸なこと。人はただ一度、この世に我が身を賭けて、不幸という色を美しく塗る。私の赤は、そんな色。

大いなる雪の幻を見た夏の日、私は思いましたの。シャルロットの心は鎖《とざ》されていたと。それを鎖した牢番《ろうばん》は、なんだったのだろうと。

心を鎖すものは、人の思惑。心を鎖す檻《おり》となるのは、官能の肉。その肉に通う血の色が赤くなければ、人の世に不幸はないはず。

でも、人の血は赤く、人は不幸に泣く。

泣かなくともよいのよ。ご覧《ろう》じませ、人の世はさまざま――。

そうして老婦人は立ち上がると、大運河を望む部屋の窓を開けた。人の世の騒音がそこに渦巻いて、「なるほど、不幸というものは美しいものなのかもしれない」と、私はその人の世の平穏に対して、ひそかに思った。

fin

〔絵〕　岡田嘉夫
〔装幀〕　中島かほる

本書は二〇一三年十二月に集英社より限定版として刊行された『マルメロ草紙』をテキストを中心に再編集したものです。

橋本 治（はしもと おさむ）

一九四八年東京都生まれ。東京大学文学部国文学科卒業。七七年「桃尻娘」が小説現代新人賞佳作入選。九六年『宗教なんかこわくない！』で新潮学芸賞、二〇〇二年『「三島由紀夫」とはなにものだったのか』で小林秀雄賞、〇五年『蝶のゆくえ』で柴田錬三郎賞、〇八年『双調 平家物語』で毎日出版文化賞、一八年『草薙の剣』で野間文芸賞受賞。二〇一九年一月二九日逝去。享年七〇。

岡田嘉夫（おかだ よしお）

一九三四年兵庫県生まれ。岩田専太郎に師事。グラフィックデザイナーとして活躍後、画家としての活動を本格的に始める。七三年講談社出版文化賞受賞。田辺聖子との共著『絵草紙源氏物語』や橋本治との共著「歌舞伎絵巻シリーズ」等古典から現代文学まで数多くの挿絵、装画を手掛けた。二〇二一年一月三一日逝去。享年八六。

マルメロ草紙《そうし》 édition courante《エディシオン クーラント》

発行日　2021年11月30日　第1刷発行

著者　橋本《はしもと》 治《おさむ》

発行人　遅塚久美子

発行所　株式会社ホーム社

〒101-0051　東京都千代田区神田神保町 3-29 共同ビル

電話　編集部 03-5211-2966

発売元　株式会社集英社

〒101-8050　東京都千代田区一ツ橋 2-5-10

電話　販売部 03-3230-6393（書店専用）

読者係 03-3230-6080

印刷　凸版印刷株式会社

製本　加藤製本株式会社

ISBN978-4-8342-5351-1 C0093